郭祥正诗歌研究

张志勇 著

社会科学文献出版社

目　录

引　言 …………………………………………………………… 001

第一章　"北去南还何日休，书生道路多穷愁"
　　　　　——郭祥正的生平 …………………………………… 023

　第一节　诗名显赫的青少年时期 ………………………… 024

　第二节　屡仕屡隐的中青年时期 ………………………… 025

　第三节　诗酒闲散的晚年时期 …………………………… 029

第二章　"欲幽栖而忘返，尚徘徊而眷禄"
　　　　　——郭祥正诗歌的题材内容 …………………………… 032

　第一节　"却送闲愁付沧海，身虽离异心无改"
　　　　　——郭祥正的交游诗 …………………………… 032

　第二节　"风松自作笙箫响，暮霞却卷旌旗回"
　　　　　——郭祥正的题咏诗 …………………………… 042

　第三节　"谁复采笙箫，玉宇思和音"
　　　　　——郭祥正的咏物诗 …………………………… 045

第四节 "松烟竹雾水村暗,鸟啼猿啸花语香"
　　——郭祥正的山水诗 ·················· 049

第五节 "遇胜寄幽怀,览古兴绝唱"
　　——郭祥正的咏史诗 ·················· 052

第三章 "史君一饮诗千句,掷地浑如金玉声"
　　——郭祥正诗歌体式及诗风分析 ·················· 056

第一节 五言诗 ·················· 057

第二节 七言诗 ·················· 066

第三节 歌行体 ·················· 075

第四章 "胸中策画烂星斗,笔写纸上虬龙奔"
　　——郭祥正诗歌意象分析 ·················· 079

第一节 "天地立心,三才成道"
　　——郭诗人文意象 ·················· 080

第二节 "造化神秀,驰骋笔端"
　　——郭诗自然意象 ·················· 091

第三节 "三坟五典,含英咀华"
　　——郭诗典籍意象 ·················· 098

第四节 "北方之音,以气骨称雄"
　　——对壮阔意象的偏爱 ·················· 104

第五节 "以我之情,述今之事"
　　——对主体意识的展现 ·················· 109

第五章 "凌云健笔意纵横"
——郭祥正诗歌的谋篇分析 …………………… 115
第一节　用典精当 …………………………………… 115

第二节　对仗奇巧 …………………………………… 122

第三节　字面奇丽 …………………………………… 132

第四节　择韵自如 …………………………………… 141

第五节　虚字传神 …………………………………… 145

第六节　句势飞动 …………………………………… 150

第六章 "高山安可仰，徒此揖清芬"
——郭祥正对前贤的继承 …………………… 157
第一节　郭祥正诗歌对老庄的继承 ………………… 157

第二节　郭祥正诗歌对屈骚的继承 ………………… 162

第三节　郭祥正诗歌对李白的继承 ………………… 166

结　语 ……………………………………………………… 170

参考文献 ………………………………………………… 181

引 言

一 研究现状

郭祥正（1035—1113），字功甫，又字功父，号谢公山人，又号醉吟先生、漳南浪士、净空居士，北宋仁宗朝江南东路太平州当涂（今安徽当涂）人，举进士。熙宁年间，做过武冈知县，并签书保信军节度判官。后以殿中丞致仕。元丰年间，复知端州。元祐初期，曾官至朝请大夫，又致仕，后隐于当涂青山。郭氏少有诗名，诗风豪壮，颇似李白，先后为梅尧臣、王安石、郑獬等人所称赞，多有"李白后身"之誉。欧阳修去世后，李廌希望郭祥正能继欧阳修做诗坛领袖，但因种种原因，郭祥正没能做到。哲宗、徽宗时，郭氏慢慢淡出人们的视野。

长期以来，对于郭氏的生平和诗歌作品，很少有人密切注意和系统研究。通过检索文献可以看出，这种情况一直延续到新中国成立后。新中国的前三十年，全国报刊上没有发表过一篇深入研究郭祥正的文章，几乎没有一种宋诗选本选录他的诗作，这对把毕生精力献给诗歌创作且在宋代有一定影响的郭祥正来说是不公正的。

20世纪80年代，孔凡礼先生首发肇端，考证郭祥正的生平行实，校勘整理其文集，房日晰、莫砺锋、张福勋等学者亦大力推动,郭氏及其诗歌研究渐趋活跃和深入。下面就郭氏研究状况做一综合述评。

(一) 关于郭氏的生平行实

首先是为郭祥正正名的问题。在后人的诗话、笔记和正史中,有一些关于郭祥正的记载。有的述说他和王安石、李之仪的交恶过程,传言王安石认为他是小人;有的通过苏轼的戏谑说他不懂诗;有的借黄庭坚之口说他不懂词等。这些记载使得郭氏的人品受到怀疑,其诗歌亦遂至冷落。《四库总目提要》这样评价他:"小人褊躁,乎合乎离,往往如是,不必以前后异词疑也……其人,至不足道。"① 那么历史上的郭氏真是这样的吗?

孔凡礼先生的《郭祥正与王安石》② 作为新中国成立后第一篇研究郭祥正的论文,将历史上被讹传近千年的郭祥正与王安石的交游、亲疏关系做了全面的论析,得出郭王二人始终亲密、不曾交恶之论,郭氏之名始为学界正视。随后孔先生又在《文学遗产》增刊第十八辑上发表了第二篇有关郭祥正研究的论文,即《郭祥正略考》。此文对郭祥正的生平事迹进行了考证辨析,将郭氏蒙受千年不白之冤的根源公之于世。原来后人将北宋孔平仲的部分诗歌误作郭诗,补录于《青山集·续集》之中。正是这些诗歌中出现的攻击王安石变法的内容给后人以口实,进而怀疑郭氏的人品。针对这个问题,李裕民在《运城高等专科学校学报》2000 年第 5 期发表《〈四库提要〉订误九十则》一文,指出四库馆臣对《青山续集》的错误判断。对于郭氏与李之仪的关系,孔凡礼先生在《郭祥正集·附录》中的"郭祥正编年"发表了他的见解,认为双方交恶各有责任。

---

① (清) 永瑢等:《四库全书总目》,中华书局,1965,第 1332 页。
② 孔凡礼:《郭祥正与王安石》,《古籍研究》1988 年第 1 期。

21世纪，毛建军在《昌吉学院学报》2003年第4期上发表了《郭祥正交游与声名辩正》一文，进一步指出了郭祥正被埋没诗坛九百年的原因。他认为诗人被埋没的原因与其同王安石、苏轼、李之仪之间关系的历史文献记载有着密切的关系。《宋史》《宋诗话辑佚》《挥麈录》等文献将郭祥正记载为揭人隐私的轻薄文人，这些文献又为历代所摘引，致使郭氏长期蒙受污名。与此相关，其诗歌也遭贬低，逐渐退出了人们的视野，这是极不公正的。针对郭、李交恶，也有学者提出了自己的看法。汤华泉在《滁州学院学报》2008年第1期上发表《李之仪晚年四事新考》，对李之仪与郭祥正的关系进行了剖析，认为李、郭关系交恶，责任多在郭祥正一方。文章据理以论，很有见地。

其次是郭氏的生平。孔凡礼先生在《郭祥正集·附录》中的"郭祥正编年"对此做的梳理成绩卓著。2000年莫砺锋在《中国典籍与文化论丛》上发表了《郭祥正——元祐诗坛的落伍者》一文，对郭祥正及其诗歌做了细致的辨析。他把郭祥正的作品放在宋代的大环境下进行考察，给出了比较公允的评价。且不管作者对郭诗的褒贬，又一知名学者将目光锁在郭氏身上，本身就说明了郭氏的炫目存在。毛建军、李进宁在《商丘职业技术学院学报》2003年第1期上发表了《郭祥正和他的诗》，介绍了郭祥正的生平和他的诗歌，行文简要，论述合理。

涉及郭氏行实的研究成果还有不少。马明达在《西北民族研究》2001年第2期上发表《广州伊斯兰古迹二题》一文，认为广州怀圣寺的光塔应为郭祥正《同颖叔修撰登蕃塔》一诗所吟咏之塔。此塔古称"怀圣塔"或"蕃塔"。李竹深在《漳州职业大学学报》2001年第4期上发表了《宋代漳州的一次水患》一文，提到了时任漳州知州的郭祥正在水患时的事迹和他有关此次水患的诗歌。李忠在《山西老年》2001年第12期上写有《苏轼的诙谐与幽默》一文,指出"十分诗"的源头为苏轼戏谑郭祥正的《金山行》。孔凡礼先生在《安庆师范学院学报》2008 年第 11 期上发表《郭祥正与舒州》一文,指出郭祥正是北宋皖江地区著名诗人,曾为桐城县令三载,常去舒州州城,与州守、名士、高僧、隐者、异人广泛交游,留下了大量诗篇,皖山皖水为之增色。郭祥正还曾造访太湖海会寺,拜谒守端禅师,遂使海会寺声名益彰,进而成为宋代淮西禅宗圣地。孔先生的这篇文章出入文献,睿瞰万端,将郭氏在舒州的行踪考索清晰。

最后是郭氏的交游问题。孔凡礼先生《郭祥正集·附录》中的"郭祥正编年"对此做了相当卓著的梳理。韩西山在《江淮论坛》2000 年第 5 期上发表有《苏轼与皖籍文人的交游》一文,谈到了苏轼与郭祥正的几次交游,考证扎实,材料丰富。赵子文在《安徽工业大学学报》(社会科学版)2002 年第 2 期上发表了《苏轼当涂行踪交游考》一文,涉及了郭祥正的一些事迹。此文对苏轼在当涂的行踪、交游做出考证后,指出苏轼一生三过当涂,其中第一次和第三次过当涂时与郭祥正交往甚密。此文材料翔实,论述充分。2003 年毛建军的硕士学位论文《郭祥正交游考述》(郑州大学,中国古典文献学,2003),通过对《青山集》以及其他文献资料的考证,详细梳理了这些资料所涉及的 279 位人物中的 34 位,在尽可能大的范围内再现了郭祥正交游的真实面貌。这是一部有相当分量的学术成果,其文献整理与归纳综合工作做得相当扎实。

另外,学者也关注了郭祥正以下几方面的问题。

关于"家便差遣"的问题,郐丙亮在《论郭祥正"家便差遣"的深层原因》[①] 一文中,进行了深入的论述。该文认为熙宁五年(1072),朝廷派遣章惇经制梅山事,设置郡县,发展生产。时任武

---

① 郐丙亮:《论郭祥正"家便差遣"的深层原因》,《乐山师范学院学报》2011 年第 10 期。

冈县令的郭祥正应章惇辟权邵州防御判官,积极参与经制梅山事,并且立了"大功"。但是,次年四月,郭祥正被授予"太子中舍与江东路家便差遣",实为罢官。对于罢官的原因,作者认为以往论者都是从个人恩怨的角度来揣测的①。郄丙亮的文章试把这一问题放在北宋新旧党争的背景之下,通过分析郭祥正参与熙宁五年经制梅山事件的具体过程,认为郭被罢官存在以下深层原因:一是旧党在争夺经制梅山主导权上的失利;二是北宋熙宁以前的对蛮政策与神宗、王安石的政策失误;三是章惇在经制梅山事的具体行动中用人不当,造成汉、蛮双方的重大伤亡,遭到旧党指责,郭祥正也被裹挟到两党政争中。若追究责任,神宗、王安石、章惇都难以逃脱,所以郭祥正这个"论功辄第一"的人成了当然的替罪羊。

关于郭祥正心态的研究,也被学者提了出来。刘中文的《郭祥正的桃源心路历程》②认为北宋大诗人郭祥正三次辞官,在出入官场的三十六年中,他自觉地追摹陶渊明。道家哲学与佛禅的双向驱动,使他不断地畅想归去来、呼唤桃花源,直到辞去端州知州,漫长而艰难的桃源心路才到达了终点。郭祥正的桃源心路历程凸显了宋代士人的整体文化心态。郭祥正既有"兀兀在浪间"的搏击浪峰之心,又有"婆娑溪上"的逍遥吟酌之想;既对仕宦功业存有幻想,又对官场世事产生厌倦、反感、无奈,甚至恐惧。其文化心理虽然是相互矛盾的两端,但总体倾向却是逍遥出世,做一名优游山水、无拘无束的"浪士",这是郭祥正人生后期的主导思想,也是他成熟而复杂矛盾的文化心理。另外郭祥正儒、释、道相融互补的文化心理,不仅凸显了儒、释、道三教文化功能的差异性,也体现了宋代士人的整体文化心态。

---

① 如魏泰认为是王安石在神宗面前的诋毁,李焘认为"此时当考",清代朱珪也提出质疑,孔凡礼认为是小人章惇阴谋弄权等。
② 刘中文:《郭祥正的桃源心路历程》,《集宁师范学院学报》2012年第3期。

由梅尧臣首倡，郑獬、刘挚等人嗣响，诗人郭祥正被誉为"李白后身""谪仙后身"。这些名号从宋代开始便有着巨大反响，在给郭祥正带来显赫盛名的同时，也成为历代文学批评中对郭祥正诗歌风格进行评价的标准。弄清这个名号的来源、内涵及发展，将有助于学界对郭祥正研究的深入。杨宏《郭祥正"谪仙后身"名号由来及内涵》[①] 就此问题进行了深入的论述。作者认为在梅尧臣、郑獬、刘挚等人心中，郭祥正的轮廓应该包含以下方面：一是少年才高，出自天然，才华超群；二是嗜酒风流，诗风豪壮，语言清丽；三是个性耿直，蔑视权贵，向往自由。宋代文人共有的理性思维和宋代君主广开科举仕进之路、尊重读书士子的社会制度与风气，让诗人身上少了一些李白式的狂放不羁，多了一层内敛气质。李白的狂放风格对郭祥正及其诗歌创作影响巨大，这使他一反宋人诗歌创作常态，沿着因袭模拟多过开拓创新的道路走下去，从而导致作品出现高下参差混杂的情况，最终未能继梅尧臣之后挑起主持诗坛的重任，可以说他得意于李白，也失意于李白。

秘阁校理在北宋时期是馆阁之职。北宋的馆阁是藏书、编书、校书之所，同时也是储才之地，是当时中进士高科的人都向往的地方，也是宋代士大夫进入显宦的路径之一。孔凡礼先生认为"郭祥正十九岁中进士，除秘阁校理，授星子主簿，不久弃官归"。此后，很多研究者沿袭这种说法。郭红超则提出了不同的意见。他在《郭祥正不曾担任秘阁校理》[②] 一文中指出郭祥正十九岁中进士时，不可能除任馆职"秘阁校理"。虽然四库馆臣在《青山续集》的提要中已指出郭祥正的诗歌有很多已佚，但从《青山集》和《青山续集》现存的一千四百多首诗中，无论如何也找不到郭祥正曾任馆职

---

① 杨宏：《郭祥正"谪仙后身"名号由来及内涵》，《中北大学学报》（社会科学版）2013年第2期。
② 郭红超：《郭祥正不曾担任秘阁校理》，《绵阳师范学院学报》2013年第10期。

的蛛丝马迹。如果郭祥正曾任秘阁校理,他就不会很快辞职了,也就不会有"不才思献赋,天路恐难通"的感慨了,因为馆职本身有时就是备皇帝顾问的清要之职。而郭祥正的诗歌中更多的是反映他对人生失意的慨叹,追步李白寄情山水以宣泄内心深处无法排遣的愁闷。郭祥正几乎是终身沉沦下僚,抑郁而不得志,不大可能担任过秘阁校理,特别是在十九岁时没有担任秘阁校理,而实际出任应是从九品阶官"秘书省校书郎"。

2011年崔延平在其博士学位论文《北宋士大夫交游研究》(山东大学,中国古代史,2011)中也谈到了郭氏的一些交游问题,可备参考。

(二) 关于郭诗的整理甄别

金子总会发光。郭祥正和他的作品在20世纪80年代经孔凡礼先生发掘推介之后,日本青年学者内山精也在1990年出版的《橄榄》上,发表了《郭祥正〈青山集〉考》一文。此文就郭氏《青山集》中的部分诗作进行了考证,考索之功较大。

在20世纪我国古典文献整理的大工程中,北京大学出版社出版的72册《全宋诗》,成就令人瞩目。由孔凡礼先生整理的郭祥正诗作被编在第13册,于1993年出版。此为新中国成立后第一次对郭诗的系统整理。其时孔凡礼先生整理的《郭祥正集》尚未面世,此本在当时遂成为关注郭诗的学者进行研究的最好依据。

当然像《全宋诗》这样浩大的工程,很难做到尽善尽美。此书问世后,一些专家、学者就开始了查遗补阙的工作。房日晰于1997~1998年在《江海学刊》上陆续发表了《读〈全宋诗〉札记》数篇,其中的第八(1997年第6期)、第十一(1998年第3期)、第十二(1998年第3期)、第十三(1998年第3期)篇中涉及对郭祥正几首诗歌的考证。房日晰在2000年的《江海学刊》第

6期上又撰《〈宋百家诗存〉正误》一文，涉及对郭祥正一首诗歌的辨正，结论比较令人信服。毛建军在《郴州师范高等专科学校学报》2003年第6期上发表了《〈青山集〉版本及〈续集〉辨伪考》一文。此文在孔凡礼先生研究的基础上，指出《续集》或七卷或五卷，应为郭祥正同时代诗人孔平仲的作品。毛建军还在《新乡师范高等专科学校学报》2005年第3期上发表了《〈全宋诗〉、〈全宋文〉重出及失收的郭祥正诗文》一文，指出《全宋诗》《全宋文》辑佚卷中有郭祥正重出诗文3则，他还从地方文献中获得郭佚诗文13则，对郭诗的甄别又添一功。汤华泉先生在《阜阳师范学院学报》（社会科学版）2007年第1期上发表《新见宋十二名家诗辑录》一文，辑录有宋十二名家诗，共56首3句，其中共辑录郭祥正的诗九首，它们分别为：《为张吉父寻父归省感赋》《老人十拗诗》《采石渡》《邻壁诗至恶而终夜甚苦》《题冷翠阁》《凌歊台》《余自宣城来游泾邑遂同权令晁端本本之尉刘谊公曼进士梅及中至琴溪》《缺题》《题留云阁》。这些诗的辑录不仅对《全宋诗》的完善具有重要意义，而且对关于郭祥正的文献整理也有很大的帮助。

这里重点要说的是孔凡礼先生编辑整理的《郭祥正集》。孔先生根据前人版本对郭氏作品查补子遗，检核讹误，按赋、古体、近诗、绝句等体类将其分成33卷，50余万字，得1429首完整诗歌。此书得到了国家古籍整理出版规划小组的资助，同时被安徽古籍整理规划委员会办公室列为安徽古籍丛书之一，于1995年由黄山书社出版。全书考订细密，校录精严，可谓沾溉学者，足传久远。此书自问世以来，一直是研究郭祥正的最好本子。可是此书纸质较差，质量粗糙，且仅印刷了1000册，一般不容易见到。

对于郭祥正同时期诗人孔平仲的近五卷诗作掺入郭氏作品集中

的问题,罗凌在《〈青山集〉与〈青山续集〉四库提要辨正》[①] 有进一步的论述,他指出由于四库馆臣不明《青山续集》抄本的渊源,所以不能分辨其中杂有郭祥正同时期诗人孔平仲的近五卷诗作,而且为这些作品提供误导信息,故在四库提要中对郭祥正肆意讥讽,兼之提要撰写的态度极不严谨,遗留了不少疏漏之处。于是作者对这两篇提要做了具体而微的辨正,以补四库提要撰著之疏失,并从中透视四库馆臣对于提要撰写的态度,以及四库提要在编写过程中难以回避的监管不力问题。

(三) 关于郭诗的思想内容

目前学界对郭诗的思想内容的关注多集中在游仙诗、咏史诗以及山水景观题咏诗等部分。

2004年卢晓辉的硕士毕业论文《宋代游仙诗研究》(南京师范大学,中国古代文学,2004)中在谈到"宋代游仙诗对游仙诗这一诗歌样式的创新"时对郭祥正游仙诗的哲理性做了一些阐释。其作为论文一节,材料翔实,语言有力。申慧萍和笔者在《菏泽学院学报》(社会科学版)2007年第4期上发表了《"遇胜寄幽怀 揽古兴绝唱"——谈郭祥正的咏史诗》一文,指出:郭祥正的咏史类诗歌独具艺术特色,诗人在富含人文关怀的儒家基调中,咏史抒怀,既体现出对古人古事的咏叹,又包藏着对时光流转、万物变迁的人生感叹。郭祥正的咏史诗情景交融,时空统一,既有情的光彩,又有景的画面,既有史的深邃,也有诗的凝练,不仅熔铸出一个个意象优美、韵味悠长的整体意境,而且也突出地传递了诗人内在的品格力量和丰富的内心世界。邹琳瑶在《绥化学院学报》2007年第5期上发表的《郭祥正〈拟挽歌〉之解读》一文指出:陶渊明的

---

① 罗凌:《〈青山集〉与〈青山续集〉四库提要辨正》,《三峡大学学报》(人文社会科学版)2013年第5期。

《挽歌诗》是中国诗歌史上的绝唱，后人拟之者甚众，而宋人郭祥正的拟作《拟挽歌五首》最具陶诗精神。《拟挽歌五首》是郭祥正对自然规律即天道的深刻思索及体悟。郭祥正所达之"道"，充分体现了他对老庄哲学的皈依和对陶渊明的攀仰。

笔者《郭祥正诗歌研究》以北宋中期的社会文化为背景，以诗歌为参照系，着重阐释了诗人的人生经历、心路历程。该文认为诗人的诗歌题材广泛，涉及交游酬唱、山水田园、咏史抒怀等方面，其中交游、题咏类诗歌较多，这部分诗歌的主题取向传递出了诗人丰富的内心世界。作者对题咏类诗歌做了特别的关注。

2010年潇潇在《安徽农业大学学报》（社会科学版）第5期上发表了《蕴藉心灵的山水家园——郭祥正山水情结的际遇秉性分析》一文，认为山水景观题咏诗是郭祥正诗歌创作成就的重要组成部分。他的山水情结不仅以个人际遇为基础，更因其特殊的秉性而勃发成篇。造成这种情况的原因是诗人不仅有着散漫自适的游士心态，还有其坎坷人生与孤独意识。

谭滔的硕士学位论文《北宋诗人郭祥正研究》（广西大学，中国古代文学，2011）认为当下学界郭祥正研究的重点是对其作品的考证，而对其作品内容和风格特征的评价仍囿于前人的成果，关于其人品问题的讨论更是莫衷一是。因此，学界对郭祥正及其作品的研究在广度和深度上有待拓展。作者通过宏观与微观的分析研究，以促进后人给予郭祥正其人其作较为客观的评价和足够的重视。

关于郭祥正的诗歌创作与道教的关系问题，卢晓辉的《郭祥正的诗歌创作与道教》[①]进行了详细的论述。作者认为道教对郭祥正诗歌创作的影响前期是外在形式化的，如意象运用、超现实的艺术手法；后期是在内在精神层面上的，如逍遥物外的思想等。作者通

---

① 卢晓辉：《郭祥正的诗歌创作与道教》，《滁州学院学报》2009年第3期。

过分析指出，这种影响的变化直接导致了其诗风前后的变化，从而破除了传统文学史上对于郭氏诗歌的不少成见。

后西昆体、险怪体、耆英体、后白体、词体、非坡非谷体等，无疑属于北宋诗坛的非主流体派。郭祥正诗歌的太白体也是同期的非主流体派。吕肖奂在《多元共生：北宋诗坛非主流体派综论》①一文中认为，这些非主流体派在主流体派所掀起的时代审美主潮之外，保持小群体审美的独立性，从而使诗坛呈现出多元的审美趣味与审美形态。非主流与主流体派间或者平等和谐、互相渗透，或者不和谐甚至对峙争鸣，构筑出诗坛多元合力或互补共生的复杂无序原生态。

关于郭祥正的诗歌创作与禅学的关系问题，张慧鹃的《郭祥正的诗歌创作与禅学》②进行了详细的论述。作者提出郭祥正与禅学有着不解之缘，而且这直接影响到他的诗歌创作。他的诗作处处渗透着独特的人生思考，禅意、禅语更是经常暗藏在他的诗歌中，增强了作品的韵味。从这些诗作中我们可以读出诗人的内心世界，看出他的价值取向。

斯坦福大学东亚语言文学系博士生赵婷婷从多层次诗歌对话的可能性这一角度，论述了郭祥正对李白的接受。她的《诗歌对话的可能性——试论宋代诗人郭祥正对李白的接受》③一文，从郭祥正被梅尧臣称为"太白后身"，但被某些学者给予了偏向否定的评价这一话题入手，从"对话"角度分析了这一现象。作者认为对于李白的艺术遗产，郭祥正是根据不同场合与不同对象灵活地加以运用

---

① 吕肖奂：《多元共生：北宋诗坛非主流体派综论》，《西南民族大学学报》（人文社科版）2010年第2期。
② 张慧鹃：《郭祥正的诗歌创作与禅学》，《山东文学》2010年7月。
③ 赵婷婷：《诗歌对话的可能性——试论宋代诗人郭祥正对李白的接受》，《文艺理论研究》2012年第4期。

的。前期在和梅尧臣的对话中,李白是一个中介,促进郭祥正与梅尧臣的情感与艺术交流;在和当时文学圈的对话中,李白是郭祥正灵感的一个来源,郭祥正力图使自己的作品满足听众的心理期待。同时对于郭祥正本人,李白也是他在诗歌里的一位谈话对象。而到了晚年,郭祥正诗歌里的谈话对象则经常是逝去的亲人,以及他本人。对于此时的郭祥正来说,创作诗歌的过程就是一个心灵疗救的过程,他本人的风格日益明显,李白的身影则逐渐淡出。作者最后写道,郭祥正是一位成功的诗人。他成功的足迹是可以追踪的。他不是李白简单的复制品,不是盲目地模仿李白的诗歌。他学习李白诗歌的方式是十分灵活的,根据场合和接受者的不同,采取不同的方式,实现与不同对象的对话,以达到预期的效果。李白对于郭祥正的诗歌创作来说,是手段,而非目的。在元祐诗坛,王安石、苏轼、黄庭坚等主要诗人都以杜甫为典范,而郭祥正独以李白为主要的学习典范,似乎是一个另类。但这样另类的存在,应该会使诗坛显得更加气象万千吧。从这个角度看,我们还是应当给郭祥正在宋代诗史上的地位一个恰如其分的评价。这样的研究角度比较新颖,观点也有理有力。

张焕玲在其博士学位论文《宋代咏史组诗研究》(陕西师范大学,中国古代文学,2011)中谈到了郭祥正的部分咏史诗作,可备参考。

吴增辉在其博士学位论文《北宋中后期贬谪与文学》(复旦大学,中国古代文学,2011)中谈到了郭祥正的部分作品,可备参考。

于广杰在其博士学位论文《苏轼文人集团研究——以诗词书画为中心》(河北大学,中国古代文学,2013)中涉及了郭祥正的一些作品,可备参考。

罗旻在其博士学位论文《宋代乐府诗研究》(北京大学,中国古代文学,2013)中也涉及了郭祥正的一些乐府诗歌,可备参考。

（四）关于郭氏对李白的继承和郭诗的艺术特色

郭氏在当时即被呼为"李白后身"，足见其对李白的追慕。对此，孔凡礼先生在《郭祥正集·附录》中也曾提及，并做了简要的分析，认为其对李白的追慕，应该是由生活而诗歌，由思想而艺术。房日晰的专著《唐诗比较论》① 中有《追宗李白的诗人郭祥正》一文，详细论述了郭祥正对李白的继承。郭慧的硕士毕业论文《宋人视野中的李白》（扬州大学，中国古代文学，2006）第三部分认为，宋人对"李白后身"郭祥正的形塑定位，使得李白的"谪仙"意义得到前所未有的深化。人们在郭祥正身上寄托了对李白的仰慕与追思，他的出现实际上意味着这种尊崇风尚已经凝聚成一个崇拜的具象。此章言语荦荦，观点新颖。陈军在《安庆师范学院学报》（社会科学版）2007 年第 3 期发表了《郭祥正对李白的审美接受》一文，指出郭祥正是宋代学习李白诗歌并取得较大成就的杰出诗人。文章从生活方式及创作思维方式、诗歌内容与形式、艺术风格三个方面讨论了郭氏对李白的接受，认为这影响了郭氏自己"豪迈精绝"的诗风的形成。该文同时指出了郭祥正对李白的接受在文学史上有其独特的意义。

2007 年笔者在《郭祥正诗歌研究》一文里将郭诗按体裁分类进行研究，指出郭诗中数量最多的是五言古诗与七言绝句，但综合起来看，写得最好的是歌行体诗与七古诗。歌行体多写得纵横豪迈、铺排凌厉；七古中的七绝具有清健质实而又雅洁高古的情调。这两类诗均有很高的艺术成就。此外该文又针对郭诗中常见的意象进行了探讨，将其诗作中的人文意象（如酒、笔、琴、茶等）、自然意象（如梅、鲸等）和历史典籍意象（如甘棠、击壤等）做了

---

① 房日晰：《唐诗比较论》，陕西人民教育出版社，1992。

进一步分析对比，认为郭祥正诗歌中的人文意象是"以象写意"，诗歌运用传统的表现文人生活的意象来隐喻诗人心中的圣地，以抒写诗人的志向，表明了诗人注重个性与力求创新的审美意识，而这也是北宋中期避俗求雅的时代风气在诗中的反映与表现；自然意象重视象征意义，重在体现主体的内在品格和人文精神；历史典籍意象则沟通了诗人的心智、情感、精神，不仅将诗歌的形象内涵极大地丰富起来，同时也给读者以更多的回味余地。读者、诗人与古人三者同时交流，形象思维与逻辑思维不断地相互转换，相互补充，使得诗歌的艺术形象具有复杂性、多层次性，在表情达意方面更是曲折多义，想象无穷。诗人对于意象的选择、过滤以及联结建构，直接体现着诗人的"心画心声"。

对郭祥正诗歌中的自然意象的研究，笔者有《卷帘夜阁挂北斗，大鲸驾浪吹长空——谈郭祥正诗歌中的自然意象》[①] 一文，认为诗歌意象的选取经营直接影响着创作风格。郭祥正在对松、竹、梅、鲸等自然意象做选取和经营时，多遗貌取神，重视其象征意义。在诗人主观情意表达和客观物象的完美结合中，写意性、概括性成为其诗歌的主要特色。诗人在创作中对自然意象的梳理和建构，揭示出诗人在诗歌创作中独特的艺术视角和个性化的艺术感悟。

对郭祥正诗歌中的人文意象的研究，李金善及笔者有《胸中策画烂星斗　笔写纸上虬龙奔——谈郭祥正诗歌中的人文意象》[②] 一文，认为郭祥正的诗歌创作多用酒、笔、琴、茶等意象，而且富有浓郁的人文色彩。这些意象的选取是诗人内在情感的产物，是诗人的"心画心声"。意象的大量使用使得其诗歌内涵丰富，艺术风格

---

① 张志勇：《卷帘夜阁挂北斗，大鲸驾浪吹长空——谈郭祥正诗歌中的自然意象》，《内蒙古民族大学学报》（社会科学版）2009 年第 4 期。
② 李金善、张志勇：《胸中策画烂星斗　笔写纸上虬龙奔——谈郭祥正诗歌中的人文意象》，《名作欣赏》2009 年第 29 期。

更趋多样化。

对于郭诗的继承问题,王红霞在其博士学位论文《宋代李白接受研究》(四川师范大学,中国古代文学,2010)中的"盛宋"部分有所涉及。作者认为由于宋人和李白生活在不同的文化和文学背景下,心灵感知和艺术旨趣也相异,因此宋人对李白的认识比唐人更难。张振谦的《宋代文人"谪仙"称谓及其内涵论析》[①] 一文,认为"谪仙"称谓源自道教神仙观念,这一称谓因用于李白而具有了诗人意义。宋代文人广泛借用"谪仙"称谓,这与他们的道教信仰、诗才学识以及对李白的崇拜有关。狂傲、贬谪和诗才是宋代文人对"谪仙"概念基本内涵的确认。"谪仙"因此也成为宋代诗学批评的术语之一。

郄丙亮《论郑獬古体诗歌的阶段性特色》[②] 中也涉及了郭氏及其诗歌的一些情况。此外,李振中的《〈李白资料汇编〉补遗刍议》[③] 一文,认为今后补遗应注意以下几点:注重搜集后世化用杜甫寄赠李白诗句的资料,继续注重搜集与李白有关的文学或文化现象资料,注重搜集别集中诗文题目不含李白词语意象而诗文中却又涉及李白的资料。

这两篇论文都指出了郭祥正对李白的继承问题,可备参考。

(五)关于郭氏的诗学思想

关于郭诗中所反映出来的诗学思想的研究,也不断被学界所关注。首先,张福勋、王宇在《阴山学刊》2003年第2期上发表的《"我亦谈诗子深许"——郭祥正诗论发微》指出,长期被隐没的郭祥正,不仅有丰富的诗歌创作实践,而且喜欢谈诗论诗。郭氏诗

---

① 张振谦:《宋代文人"谪仙"称谓及其内涵论析》,《宁夏社会科学》2011年第1期。
② 郄丙亮:《论郑獬古体诗歌的阶段性特色》,《四川民族学院学报》2011年第5期。
③ 李振中:《〈李白资料汇编〉补遗刍议》,《商丘师范学院学报》2014年第7期。

论涉及范围很广,诸凡诗学、诗体、诗韵、诗法、诗思等,皆有涉及。该诗论既倡"椽笔发清唱",又主"兴寄",不仅有很高的理论价值,而且具有实际的指导意义。郭氏诗论对宋诗的发展,以及宋代诗论体系的形成,都做出了贡献。其次,张福勋在《南阳师范学院学报》(社会科学版)2003年第4期发表的《心声与心画,开卷见天真——郭祥正的书画论》一文,论述了郭祥正在诸如画与世、画与物、画与境、画与意、画与心、画与诗、画与法等重要问题上所提出的独到见解,认为这些很值得挖掘与研究。

关于吴文治的《宋诗话全编·郭祥正诗话》中对郭祥正诗话的十三条编收,刘中文认为至少遗漏了三分之二。刘中文的《〈宋诗话全编·郭祥正诗话〉补遗》[①]有二十六则诗话补遗,并根据诗话的内容将之分为六个层面,分别为:论先贤之诗风,评定其文化地位(十四则);以物象譬喻先贤之诗风(五则);探究具体的诗学理论问题(一则);理性思辨,对先贤之人生做出价值判断(三则);论诗人的人生境界(二则);记载诗史之佳话(一则)。

关于郭祥正的诗学理论,杨宏的《郭祥正诗学理论初探》[②]进行了专门的论述。作者认为郭祥正不仅积极参与诗歌创作的实践活动,而且也非常喜欢与他人探讨、研究诗歌理论。这些诗学理论散见于其所遗留的近200首诗歌当中,涉及诗歌本源、思维创作、语言技巧等诸多方面,是宋代文学批评理论中不可或缺的重要组成部分。

杜太廷在其硕士学位论文《郭祥正论诗诗研究》(安徽大学,中国古代文学,2013)中系统梳理了郭祥正的诗学思想。作者从主"豪"倡"清"、提倡"兴寄"、裨于"补世"三个方面对其论诗

---

① 刘中文:《〈宋诗话全编·郭祥正诗话〉补遗》,《黑河学院学报》2011年第4期。
② 杨宏:《郭祥正诗学理论初探》,《天中学刊》2014年第4期。

诗内容进行分析；又从情感性和形象性两个方面对郭祥正论诗诗特征进行辨析；之后比较了郭祥正与杜甫诗论之异同并由此引出附论——关于郭祥正被埋没诗坛九百年原因之探讨。文章立论清晰，有理有据。

(六) 关于郭氏的地域文化研究

潇潇的硕士学位论文《郭祥正山水景观题咏诗研究》（安徽大学，中国古代文学，2007）首开风气，从地域文化的角度，将一些很少为学术界关注的郭诗的社会价值、文化价值、艺术价值作为研究对象，指出郭祥正山水景观诗对区域旅游资源的开发、地方文化的积累和宣传、人文生态建设都有重要价值，同时也有较高的艺术价值。该文在第三章探讨了郭祥正山水景观题咏诗创作的成因，着重分析了北宋时期政治经济文化大环境、科举制度的变化和地域文化环境对诗人创作的影响，从诗人的性格和经历角度分析其自然山水文化审美心态产生的内因。之后潇潇有《试析地域文化环境对郭祥正创作的影响》[①] 一文，认为郭祥正的山水景观题咏诗，为我们生动地描绘了安徽、江西、湖南、河南、福建、广东等地的自然、历史、人文景观，尤其侧重描写安徽宣城与当涂两地风光，诗人的山水景观诗创作与其时所处的地理与文化环境密切相关。潇潇又通过《析友朋唱和对郭祥正山水景观题咏的影响》[②] 一文，指出唱和在郭祥正的山水景观题咏诗创作中发挥了重要的桥梁和媒介作用。唱和不仅为郭祥正的山水景观题咏诗创作提供了丰富的诗料，使其创作水平有了提升，还增加了他在当时的知名度，并且为后人留下了丰富的历史文化遗存和宝贵的旅游文化资源。潇潇还有《郭祥

[①] 潇潇：《试析地域文化环境对郭祥正创作的影响》，《合肥学院学报》（社会科学版）2008年第1期。

[②] 潇潇：《析友朋唱和对郭祥正山水景观题咏的影响》，《合肥工业大学学报》（社会科学版）2009年第2期。

正、彭汝砺合肥诗歌创作比较及文化意义》① 一文，从合肥地方文化的角度，比较了郭祥正、彭汝砺在合肥的诗歌创作及文化意义。作者认为历代文人在合肥的文学创作是合肥这座历史名城的重要文化积淀。宋代郭祥正、彭汝砺在合肥期间的诗歌作品中都包含着对地域景观文化的开拓和对个体人文精神的展现，而由于在创作心态、个人境遇上的区别，前者更重视发掘景观之美，后者则为诗歌赋予了更多的个人感悟。他们的诗歌不仅再现了古代合肥的自然之美和传统之美，更为当今传统文化的保护、延续和发展提供了启示。

在地域文化与文学的研究中，朱少山的硕士学位论文《北宋皖南诗歌研究》（安徽师范大学，中国古代文学，2011）、杨帆的硕士学位论文《牛渚诗学意象初探》（华东师范大学，中国古代文学，2014）和魏倩的硕士学位论文《宋代风土百咏诗研究》（河北师范大学，中国古代文学，2013）均有对郭氏及其诗歌的相关论述。此外陈小辉的《宋代安徽诗社概论》② 也涉及了郭氏及其诗歌的一些情况。

地方政府也在关注郭祥正。如在郭氏的家乡，吴黎明、傅中平、方燕在2013年12月6日的《马鞍山日报》上发表了通讯《昔日"藏在深山人未识" 今朝"掀起盖头出深闺"——"1234"战略掀起"中国第一诗山"红盖头》一文，介绍了当涂大青山李白文化旅游区。该景区以青山为主体、李白文化为依托，规划面积53.03平方公里，总体结构为"一山、两河、八区、十景"，目前在着力于打造"中国第一诗山"品牌。文中也谈到了郭氏的一些情况。

---

① 潇潇：《郭祥正、彭汝砺合肥诗歌创作比较及文化意义》，《合肥学院学报》（社会科学版）2011年第5期。
② 陈小辉：《宋代安徽诗社概论》，《淮北师范大学学报》（哲学社会科学版）2013年第4期。

（七）关于郭氏的书法争论

近两年，学界就《功甫帖》的真伪问题展开了很多的讨论。这些讨论，对我们更深入了解古代书法、碑拓、复制、题跋、钤印等各种艺术类型的方方面面，无疑产生了十分积极的作用。对于《功甫帖》这一特定的文献来说，其真伪和价值如何，我们不做评论。我们仅胪列诸家的文章题目和发表刊物、日期，以方家便利查阅参考。

相关文章有：方骥鸿《〈功甫帖〉及其年代小考》[1]；祝贺《〈功甫帖〉：苏轼写在当涂的信札——从文史角度谈〈功甫帖〉的书写年代、地点》[2]；单国霖《苏轼〈功甫帖〉辨析》[3]；虞云国《关于郭功甫仕履之补证》[4]；柳向春《从文献角度也说〈功甫帖〉》[5]；翟群《〈功甫帖〉风波引发反思——文物鉴定，博物馆专家如何担当社会责任》[6]；萧啸《〈功甫帖〉真伪之争再升级——收藏家刘益谦携原件进京并发布高清影像检测报告》[7]；曹鹏《〈功甫帖〉真伪：学术之争？话语权之争？还是利益之争？》[8]；王朴仁《〈功甫帖〉的一些科学辨证问题》[9]；李全德《苏轼〈功甫帖〉文本性质探微》[10] 等。

---

[1] 方骥鸿：《〈功甫帖〉及其年代小考》，《东方早报》2013年12月30日。
[2] 祝贺：《〈功甫帖〉：苏轼写在当涂的信札——从文史角度谈〈功甫帖〉的书写年代、地点》，《中共马鞍山市委党校学报》2014年第3期。
[3] 单国霖：《苏轼〈功甫帖〉辨析》，《中国文物报》2014年1月1日。
[4] 虞云国：《关于郭功甫仕履之补证》，《东方早报》2014年1月6日。
[5] 柳向春：《从文献角度也说〈功甫帖〉》，《东方早报》2014年1月20日。
[6] 翟群：《〈功甫帖〉风波引发反思——文物鉴定，博物馆专家如何担当社会责任》，《中国文化报》2014年2月25日。
[7] 萧啸：《〈功甫帖〉真伪之争再升级——收藏家刘益谦携原件进京并发布高清影像检测报告》，《人民政协报》2014年2月26日。
[8] 曹鹏：《〈功甫帖〉真伪：学术之争？话语权之争？还是利益之争？》，《中国美术》2014年第3期。
[9] 王朴仁：《〈功甫帖〉的一些科学辨证问题》，《东方早报》2014年7月2日。
[10] 李全德：《苏轼〈功甫帖〉文本性质探微》，《中国文物报》2014年12月30日。

此外，孙东明硕士学位论文《〈四库〉北宋别集所见书法文献整理》（吉林大学，历史文献学，2014），也谈及了郭祥正的书法问题。

（八）关于郭氏的其他研究

郭祥正的散文，因数量极少，故很少被人重视。目前仅见《江西教育学院学报》2001年第2期上发表的李才栋《关于郭祥正与其所作〈白鹿洞书堂记〉的补白》一文。文章指出，《白鹿洞书院碑记集》和《白鹿洞书院史略》中关于郭祥正当时官职的记述有误。郭祥正任星子主簿时，恰好孙琛重建白鹿洞书堂，郭应在此时为其撰写《白鹿洞书堂记》。

关于郭氏的赋作，有刘培在《济南大学学报》（社会科学版）2005年第1期上发表的《徘徊在入世与归隐之间——论郭祥正的骚体创作》一文。文章指出：骚体在北宋中期兴起，经世致用的精神被发扬光大，屈骚发愤抒情的传统被很好地继承。随着党争的加剧、变法的失败，文人们的心态发生了极大倾斜，爱时进取、兼济天下的热情在险恶的政治环境中逐渐被消磨殆尽，他们走上了理性反省的道路。郭祥正的骚体在这方面颇具代表性。他的骚体表现出仕与隐的矛盾心理，雄豪之气与俊逸之气并存，具有极为明显的新旧丕变的特征。此文论述有力，视野开阔，质量上乘。

关于郭祥正诗歌中的方言问题，吕玲娣的《从宋代安徽诗人用韵看宋代安徽方言的若干特点》[①]一文，以及刘晓南的《试论宋代诗人诗歌创作叶音及其语音根据》[②]和《元祐新制与宋代叶韵》[③]两文，都提到了郭诗中的用韵以及所反映的方言特点。

[①] 吕玲娣：《从宋代安徽诗人用韵看宋代安徽方言的若干特点》，《阜阳师范学院学报》（社会科学版）2010年第4期。
[②] 刘晓南：《试论宋代诗人诗歌创作叶音及其语音根据》，《语文研究》2012年第4期。
[③] 刘晓南：《元祐新制与宋代叶韵》，《古汉语研究》2013年第4期。

关于国外学者对郭祥正的研究，除上文提到的赵婷婷外，还有日本的学者。邱美琼、殷丽萍的《日本学者内山精也的宋诗研究》① 一文指出内山精也是日本宋诗研究的中坚力量。他在宋诗文献整理、宋代士大夫的诗歌观研究、宋代士大夫的诗歌研究、宋代士大夫与文化研究、日本宋诗研究史研究等方面，均取得了突出成就。内山精也提出了自己独到的见解，促进了日本学界宋诗研究的繁荣，对我国的宋诗研究具有参照与借鉴意义。其中郭祥正也是其关注、研究的对象。

除语言、文学、历史等领域在关注、研究郭祥正外，艺术界、农业界的专家也对郭祥正有所论及。如郭新云的硕士学位论文《宋诗中的古琴艺术》（河南大学，音乐与舞蹈学，2012）和惠冬的《宋代荔枝种植格局的变化与成因》②，都有郭祥正的相关话题。

关于综合述评，笔者的《北宋诗人郭祥正研究述评》③ 对郭氏的生平行实、校勘整理，郭诗的主题思想、艺术风格等诸多方面的研究成果进行了总结分析。杨宏的《20世纪以来海内外郭祥正研究述评》④ 对20世纪以来，海内外有关郭祥正研究工作取得的较为丰富的成果进行了总结，同时也指出了相关研究存在的一些不足。

由此可见，20世纪有关郭祥正的研究只是零星的、考证性质的，21世纪有关的郭氏研究开始渐趋增多，角度、方法、视点也丰富多样。目前学术界对郭祥正的研究在某些方面依然比较薄弱，可开拓的领域还有不少。如在文学研究方面，对其诗歌主张的进一步研究，可沿着张福勋先生的路数继续前行；在北宋大背景下研究

---

① 邱美琼、殷丽萍：《日本学者内山精也的宋诗研究》，《浙江师范大学学报》（社会科学版）2013年第3期。
② 惠冬：《宋代荔枝种植格局的变化与成因》，《中国农史》2013年第5期。
③ 张志勇：《北宋诗人郭祥正研究述评》，《安庆师范学院学报》（社会科学版）2009年第8期。
④ 杨宏：《20世纪以来海内外郭祥正研究述评》，《莆田学院学报》2013年第1期。

其诗歌创作的特点，可循着莫砺锋先生的观点继续深化。另外，对其乐府、歌行诗作语言的异质化、构思的奇特化等诸多方面的细化分析，关于郭氏对杜甫的自觉继承以及儒、释、道思想在郭诗中的体现和反映等方面的研究，对郭氏的历史地位及其当代价值的认识等，皆需进一步深入。以郭祥正及其诗文为对象的学术研究之路还很长很长。

二　研究价值及预期突破

综上所述，经过20世纪八九十年代孔凡礼先生和21世纪初张福勋、毛建军等先生的研究考证，学界认识到对郭祥正这样一个把毕生精力献给诗歌创作并取得很大成就的作者的误解或者轻视，都是不公平的。而学术研究又是一个不断推进的过程，目前学术界对郭祥正的研究很薄弱，即使是较有分量的论文，也只重在考证交游方面，在诗歌方面的研究全面性和系统性明显不足。因此，对郭祥正的诗歌进行全面研究，对他在诗歌史上的地位给予准确评价，就成了本书研究的可行性突破口。

本书将在前人研究的基础上，以北宋中期的社会文化为背景，以诗歌为参照，并结合郭祥正的生平、交游以及思想，对诗人进行个案研究、比较研究和材料分析法之研究，着重阐释诗人的人生经历、心理世界和诗歌的题材内容、体裁风格、诗歌意象，挖掘诗人个性化的心路历程，并阐述诗人诗歌的总体风貌。

无论是和同朝代的欧阳修、陆游相比，还是和诗人同时代的王安石、苏轼、黄庭坚等人相比，就其于当时文坛上所处的地位而言，对于郭祥正的研究还是相当薄弱的。因此，这里对郭祥正的诗歌做全面的、深入的和系统的研究，即使不周，也比沉默或毫无创见好得多。

第一章

"北去南还何日休,书生道路多穷愁"[1]

——郭祥正的生平[2]

历史是过去的遗迹,却意味着未来。我国几千年古典文学的优秀成就,正是为美丽的明天准备的丰富宝藏。北宋诗人郭祥正就是这历史文化遗产宝藏中的一个组成部分。

郭祥正(1035—1113),字功甫,又字功父,号谢公山人,又号醉吟先生、漳南浪士、净空居士,北宋仁宗朝江南东路太平州当涂县人。

据孔凡礼先生考证,郭的祖父赠殿中丞,祖母刘氏赠仙源县太君。父亲郭维,字仲逸,北宋名臣,是宋真宗大中祥符八年(1015)进士,少时苦学于当涂东二十里石城山,为官清正廉洁,直言敢谏,声望很高,卒后赠金紫大夫。王安石曾作《尚书度支员外郎郭公墓志铭》,据此铭,可知祥正母为张氏,有兄弟姐妹六人,二兄先正和聪正均进士及第,一姊远嫁江西临川沈遵。

从《郭祥正集》中可知,祥正有四或五子,分别名点、鼎、煮,另有二子,不知名。郭点,据《郭祥正集》卷三十《哭子点》:

---

[1] 郭祥正撰《郭祥正集·送李节推献父》,孔凡礼点校,黄山书社,1995。本书中《郭祥正集》皆为此书。
[2] 本章内容参考了孔凡礼先生的《郭祥正事迹编年》,谨以致谢。

"五岁养育恩,一朝随埃尘。"可知此子早殇。不知名大儿,据《郭祥正集》卷一《将归行》"桐乡三见春,桐乡虽好大儿死,风物满眼唯悲辛",可知此儿亦早殇,可以推测的是,此子可能是诗人做官桐乡(今安徽桐城)时所殇。另据《郭祥正集·青山集续集》卷二《同萧英伯登陈安止啸堂》:"儿归半道死,旅棺未葬埋。"此又为一早殇之子,因史料缺乏,此子更多情况不得而知,而可以推测的是,此子可能是诗人滞留福建汀州、漳州时所殇。此儿是不是郭点或郭焘,亦因史料不足,尚不能定论,但郭祥正中年丧子之悲痛可想而知。郭焘,据《郭祥正集》卷十八《寒食感怀示子焘二首》云:"乡关隔寒食,父子共沾襟。"郭鼎,《郭祥正集》卷十八有《忆小子鼎》、《中书舍人陈公元舆以诗送吾儿鼎赴尉慎邑卒章见及遂次原韵和答》以及卷二十八《将至慎邑寄鼎》,可知此子后在合肥附近的"慎邑"做官。

第一节 诗名显赫的青少年时期

据《郭祥正集·癸酉除夜呈邻舍刘秀才》云:"六十明朝是,今年此夜除。"癸酉是元祐八年(1093),"明朝"是绍圣元年(1094),据此逆推六十年应是宋仁宗景祐二年(1035),此年,郭祥正出生。据孔凡礼先生考证,是年,与祥正交游年岁之可考者中,梅尧臣三十四岁,沈立二十九岁,吕海二十二岁,曾巩十七岁,王安石十五岁,郑獬十四岁,李常九岁,刘挚六岁,王令四岁,章惇一岁。苏轼小祥正两岁。

祥正八岁时其父郭维病卒,他在诗赋《言归》中说"予七龄而孤兮"即指此事。其一姊就在这一年远嫁江西,祥正跟随她生活四年,归后与徐子美、杨君倚、李元翰等人共室乡学。

祥正少有诗名,倜傥不羁,时任当涂令的袁陟爱其才,曾携祥正同游当涂方山，此时祥正约十六七岁。《郭祥正集·昨游寄徐子美学正》中言及未弱冠时情事云："知音得袁宰，鉴赏称琳璆。"《宋诗话辑佚》卷上《潘子真诗话》云："袁世弼，南昌人，宦游当涂，时功父尚未冠也。世弼爱其才，荐于梅圣俞，自尔有声。功父常谓吾大父清逸云：'数载汲引，袁二丈力也。蒿埋三尺，不敢忘其赐。'"

孔凡礼先生曾在《郭祥正集·附录一·郭祥正事迹编年》中说祥正："少有诗名，人以李白后身相誉。诗风豪迈，毕生致力于诗不懈。为北宋名家。"并同时指出："誉祥正为李白后身者，有梅尧臣、郑獬、章望之、章衡等。王安石称祥正诗'豪迈精绝'，又称'豪迈出于天才'；胡仔称'豪壮'；黄升称'得太白体'。"

针对祥正诗集，孔先生则指出："（祥正）少时在当涂与袁陟诗、在宣城与梅尧臣诗、元丰七年与苏轼诗等，皆不见，当是祥正有意删落，不入集。足见创作态度严肃，去取甚严。据《竹坡诗话》，祥正晚年不废作诗，然绍圣以后诗，集中甚少，知散佚甚多。"

第二节　屡仕屡隐的中青年时期

宋仁宗朝皇祐五年（1053），诗人十九岁，至京师应礼部试，中进士，除秘阁校理，后授星子（今江西星子）主簿，但初入仕途的青年诗人因与上司不谐，未一年即弃官归当涂。据《郭祥正集·昨游寄徐子美学正》"我初佐星子，老守如素仇。避之拂衣去，寓迹昭亭幽"可知，郭祥正与庐山守端禅师相识应在此年。

青年诗人弃官后没有返乡，而是直接去了当涂南面的宣城，寓居在昭亭，并于岁暮拜见了当时丁母忧在家的大诗人梅尧臣，且多次为梅朗诵欧阳修的《庐山高》，梅尧臣很是赏识年轻的诗人郭祥正。《宋诗话辑佚》卷上《王直方诗话》第八十五则《郭功父诵庐山高诗》云：

> 郭功父少时喜诵文忠公诗。一日过圣俞，圣俞曰："近得永叔书云：作《庐山高》诗送刘同年，自以为得意。恨未见此诗。"功父诵之。圣俞击节叹赏曰："使吾更学作诗三十年，亦不能道其中一句。"功父再诵，不觉心醉，遂置酒，又再诵，酒数行，凡诵十数遍，不交一言而罢。明日，圣俞赠功父诗曰："一诵《庐山高》，万景不可藏。设如古画诗，极意未能忘。"

梅另有《依韵和郭秘校昭亭山偶作》云，"知君弃官后，江上寻名山。心既愤世内，迹欲还人间。昭亭忽来过，揽古兴长叹"，对诗人弃官返乡给予了同情和理解。诗人从宣城还当涂时，梅圣俞有《送郭公甫还青山》，赠别踏上返乡路途的郭祥正。第二年（至和二年），梅离开宣城赶赴京师，途经当涂采石渡口，邀别祥正，有《采石月赠郭公甫》云："采石月下闻谪仙，夜披锦袍坐钓船。醉中爱月江底悬，以手弄月身翻然。不应爆落饥蛟涎，便当骑鱼上九天……"《王直方诗话》第二十五则《郭功父诗》云："郭祥正自梅圣俞赠诗有'采石月下闻谪仙'，以为李白后身，缘此有名。"郭祥正为李白后身之说即源于此。

诗人在宣城时与官宦此地的沈立、李琮（献父）、李常（公择）等人亦有交游酬唱。

嘉祐元年（1056），二十二岁的诗人曾作诗寄云居了元（佛印）禅师，并亲至南康军云居山，参谒了元。嘉祐二年，袁陟迁为抚州通判，路过当涂，与祥正会晤。祥正有诗赠行，陟也有赠祥正诗。此年八月十一日，友人徐洪（孺兴）卒，祥正作《徐孺兴哀词》。

嘉祐四年（1059），郭祥正赴京师集选曹，谒见梅尧臣。后被授德化（今江西九江）尉。这一年李廌生，徐徽（仲元）中进士，王令卒，祥正作《王逢原哀词》。

嘉祐五年（1060），梅尧臣卒，诗人有《哭梅直讲圣俞》，感叹道丧斯文，哀叹异常。嘉祐八年（1063）德化尉任满前后，其母病卒。祥正有《题旌德虞令观妙庵》一诗当作于此年前后，诗云："寥寥太古风，吹我旌尝惺。"

至此到宋神宗熙宁五年，近十年光景，诗人是官是隐因史料缺乏，无从得知。因其诗作中的生活环境多在当涂、宣城、金陵一带，暂且认为诗人又一次隐居在家乡。

治平二年（1065），郑獬（毅夫）官知荆南，祥正有《寄献荆州郑紫微毅夫》献之，诗中言："公尝爱我如李白，恨不即往从公游。"

这段时间郭与王安石的交往颇多。治平四年（1067）时王荆公知江宁府，两人曾同登金陵凤凰台，郭祥正有脍炙人口的《追和李白登金陵凤凰台二首》。章衡（子平）曾在治平年间官知蕲州，作有《涵辉阁记》，祥正有诗寄题，为《寄题蕲州涵辉阁呈太守章子平集贤》，诗云："读君《涵辉记》，恍若登蓬莱。天垂星斗数寻近，地卷云山千里来……"

宋神宗熙宁元年（1068），吴中复知江宁府，并新修雨花台，祥正有五古《题雨花台》，并云："仲庶龙图新作于梁云公讲台之上。"宋神宗熙宁二年（1069），德兴余仕隆建构聚远亭，祥正题《寄题德兴余氏聚远亭》，诗歌豪迈奔放，纵横飞动，如"词源奔激吼波涛，笔画纵横挫矛槊"。宋神宗熙宁四年（1071），唐公张瑰官知太平州，与祥正同登采石矶蛾眉亭，祥正有《采石蛾眉亭登览赠翰林张唐公》。

宋神宗熙宁五年（1072），诗人任武冈县令（今湖南邵州市西南武冈市）并应辟权邵州防御通判，赴任路上，过贵池、浔阳、鄂州，游樊山、怡亭、殊亭、石门、郎官湖，经洞庭湖时遇风，至长沙，渡潇湘，登法华台，一路会晤友人，一路吟咏放歌，留下很多诗作。

至邵州上任后，郭祥正参与了章惇领导的经制梅山（湖南安化、新化、冷水江一带）峒蛮事，有功。熙宁六年（1073），祥正为太子中舍与江东路家便差遣，后遭谤，旋住黄河北按堤原武（今河南郑州花园口黄河北岸原武），诗人在原武于熙宁七年有《原武按堤杂诗五首》，并晤郑州太守王赟之，且有诗赠之。后回当涂待遣。这一段时间诗人的诗作颇多。

熙宁八年（1075），郭祥正在李承之汲引下任桐城（今安徽桐城）令，任职两年，后为签书保信军（今安徽合肥一带）节度判官（幕官），并治狱历阳（今安徽和县），后以殿中丞致仕，归隐姑孰（当涂）。元丰三年，在家中会晤赶赴筠州路经当涂的苏辙，苏赋诗题醉吟庵。元丰六年，苏轼在徐州建黄楼，祥正作《徐州黄楼歌寄苏子瞻》。

元丰四年（1081）郭祥正起通判汀州（今福建长汀），与太守陈轩交好，诗酒酬唱，往来频繁。元丰五年（1082）春，摄漳州，这段生活诗人比较满意，与狄咸（伯通）、钱藻（醇老、纯老）、俞括（资深）、李绛（伯华）、留定（君仪）、陈伯育、陈安止、蔡温老、萧英伯、惠休等人交游甚密，诗作很多。七月十九日，漳州遭遇洪水与大风等灾害天气，郭祥正身先士卒，亲临一线，指挥治理，颇有政绩，百姓有口皆碑，但是不久因忤部使者，遂下吏，滞陷汀、漳。这段时间成了诗人生活中最痛苦的时期。元丰七年（1084），朝廷命勒停，回当涂赋闲。四月初六，王安石卒，祥正作挽诗《王丞相荆公挽词二首》，中有"世间君臣会，中天日月圆"

和"公在神明聚,公亡泰华倾。文章千古重,富贵一毫轻"等盛赞安石在政治和诗文方面所取得的成就,由此可知祥正思想的开明与深邃。

哲宗元祐元年,52岁的郭祥正以覃恩转承议郎官京师,漳州之冤得直。元祐二年(1087)外放知端州,这是诗人最后一次仕官。从元祐二年九月离开家乡当涂上路赴官,至元祐三年(1088)二月二十八到达端州上任,诗人用了六个月,一路游山会友,心思可能真的已不在做官上面。诗人先过彭泽,访别荣仲谋;在庐山,晤吴子正、老道士李如海,并题黄庭坚命名的达观台;游开先,至吉州,晤州守故友李琮(献父);过庾岭,至南雄州,晤州守黎珣,并在此过年。元祐三年,经曲江、凤凰驿,至英州登烟雨楼,游碧落洞;过清远峡,题广庆寺壁;至广州后,与故交蒋之奇(颖叔)、吴筍(翼道)几乎游遍了整个广州美景,并且均有诗歌吟咏,直到二月二十八,才到知端州任。

元祐四年(1089)上任仅一年,又是二月二十八,诗人上书请老,"故园已恨荒三径,皓首何堪困一州"[①]。上许,遂归隐当涂青山,不复入仕。这次诗人彻底地告别了风雨多年的政坛,开始了闲云野鹤般的隐逸生活。

第三节　诗酒闲散的晚年时期

在晚年隐居的生活中,诗人并没有闭门不出,安享陶然,而是多次交游四方,欢结宾朋,将隐逸生活过得有声有色。

诗人从端州任上辞官返乡,亦是一路游览,一路交游,一路歌唱。如过吉州时携全家于八月十六登玉笥山观月,后游玉涧桥、承

---

① 《郭祥正集·次韵彭教授送别》。

天观，均有诗歌记载；经庐山时，先是有《望庐山》，后游楮溪、净社院，与黎珣观月劝酒左蠡亭，游罗汉，又有《入万杉》《出万杉》……诗人一直唱到当涂青山。

第二年（元祐五年）诗人即去杭州，晤苏轼，游西湖；回乡后又与太平州通判马东玉、州守陈子仪登黄山（在当涂县北五里，亦名浮丘山）。又于元祐六年与杭州通判杨蟠唱和《钱塘西湖百题》，并与太平州守陈子仪、后任梁正叔交游酬唱；中秋时泛舟至和州（今安徽和县），访知州孙贲（公素），旋回，后至金陵，晤知府黄履（安中），庆兴龙节，游雨花台，与朱京（世昌）游钟山，又是在交游酬唱中过了这一年。元祐七年复往金陵与狄咸（伯通）游；后往庐州，访知州守朱服（行中），又到宣州与州守贾易游。元祐八年，再往宣州访州守王安礼，秋再去金陵访知府曾肇（子开），冬末去寿州，过年（绍圣元年）春返回，路过慎邑（今安徽合肥附近），视官在此地的儿子郭鼎，清明后归，途中往庐州，访故友州守陈轩（元舆）。元符元年（1098），诗人重回桐城，晤璞禅师、裴材等。元符三年，哲宗崩，徽宗即位。二月，苏轼移廉州安置，祥正曾寄诗赠之，以谨言慎行为戒。徽宗建中靖国元年（1101），苏轼北归常州，途经当涂。四月二十四，祥正造访之。七月二十八，苏轼卒。

崇宁元年（1102），诗人六十八岁，尚陪任太平州守的黄庭坚游太平胜迹；此年贺铸（方回）过太平州访黄庭坚，与祥正有交游。崇宁二年，诗人六十九岁时到蕲州（湖北），访五祖法演禅师，谈论佛理；亦是此年，李之仪来当涂定居，从此二人结交。崇宁三年，诗人七十岁时再往金陵，访保宁仁勇禅师论佛理。

宋徽宗政和三年（1113）卒于家。

纵观郭祥正的一生，仕官五次，隐逸五次，可以看出，诗人的心从来就不是封闭的，诗人也不是总是过着纯粹如陶渊明"采菊东篱下，悠然见南山"的遗世生活。似乎没有一个确定的位置，可以容他义无反顾地专注自己的精神与理想：仕途，没有过分热衷，至少没有明显地表现出热衷，在官却不言官，必要时又保持着一种江湖之思的清高；归隐，也不封闭自己，在挥之不去的鲈鱼、莼菜的乍起秋风中，染迹于富贵朝臣。他已为自己的心灵找到了一个栖身之处。这何尝不是一种自我拯救、释放的觉悟与智慧呢？这就是诗人对心灵的明确定位。

第二章
"欲幽栖而忘返,尚徘徊而眷禄"①
——郭祥正诗歌的题材内容

《郭祥正集》现存33卷诗歌,共1429首完整诗作,题材涉及交游酬唱、山水田园、咏史抒怀等方面,内容相当丰富。本章将郭祥正的诗歌按题材内容进行细分,以期对诗人做进一步的了解,从而挖掘其诗歌的思想内涵,并探寻诗人的主题取向。

第一节 "却送闲愁付沧海,身虽离异心无改"②
——郭祥正的交游诗③

交游诗,指的是诗人与他人交往时因人际互动的需要,而写的寄赠、送别、酬唱等类别的诗作,挽、吊与应制之诗则不在本书讨论范围之内。

从诗歌诞生之日起,交游诗就一直占据着诗坛的重要地位,历史上留传下来相当多的名篇佳作,如汉魏刘桢的《赠从弟》、曹植的《送应氏诗》,南朝何逊的《与胡兴安夜别》等,唐代的名作亦

---

① 《郭祥正集·补道难》。
② 《郭祥正集·送姚太博歌行》。
③ 本节内容参考了毛建军先生的硕士学位论文《郭祥正交游考述》,谨以致谢。

多，如王勃《送杜少府之任蜀州》、李白《黄鹤楼送孟浩然之广陵》、王维《酬张少府》、杜甫《赠卫八处士》等。虽然学术界在文学范畴内对交游诗的总体评价不高，多认为是"为文造情"，为创作而创作，但交游诗的大量存在却是不争的事实，这也就说明了它存在的合理性。

郭祥正一生虽几经动荡，几次浮沉，却广交朋友，并和他们在诗歌上相互赠答唱和。下面为讨论方便，将其交游诗歌分成"为官在任时的交游诗"和"隐逸闲居时的交游诗"两大类，以对此部分的诗歌做进一步的探讨。

一 为官在任时的交游诗

纵观郭祥正一生，约五次出外做官，官场往来，较为繁多。以时间为线索，除皇祐五年（1053）诗人19岁进士及第后除秘阁校理，为星子县主簿期间没有确切的交游诗外，其余四次官场起伏，均有交游诗歌。

诗人第二次仕官是在嘉祐五年（1060）至嘉祐八年，官德化尉，与时任知州的陈子仪以及小吏吕海（献河）交游往来较多，其作于嘉祐五年（1060）的《上赵司谏（悦道）》为本期主要诗歌。

弹剑思经纶，悲歌负阳春。逢时不自结明主，空文亦是寻常人。君不见太公辞渭水，谢安起东山。日月再开天地正，龙虎感会风云闲。又不见屈原泽畔吟离骚，渔翁大笑弗铺糟。可行则行止则止，胡为憔悴言空劳。夫君之名振朝野，道行谏听逢时者。南州岂足舒君才，天门夜诏星车回。紫皇之真人，造化无嫌猜。往将和气辅舒惨，不令地下万物同寒灰。功成收身彩云里，坐酌千觞浮玉蕊。麻姑王母相经过，醉来共泛瑶池水。乐亦不可尽，名亦不可穷。愿学李贺逢韩公，他日不羞蛇作龙。

赵悦道即赵抃，西安人。根据《续资治通鉴长编》记载，"本年五月癸丑，以侍御史赵抃为右司谏，谏院供职"。全诗以冯谖弹剑而起，指出"逢时不自结明主"，并引姜子牙钓于渭滨、谢安起东山等典故，抒发了诗人对历史的感慨。"可行则行止则止"，是诗人对屈原遭遇的态度，也是对个人功名追求的态度。在对赵司谏作了一番揄扬之后，诗人表露心曲，"愿学李贺逢韩公，他日不羞蛇作龙"，是希望赵抃能如当年韩愈赏识李贺那样来汲引自己。虽然诗人成名很早，但官职卑微，在儒家思想的浸濡下总想治国平天下，一方面能攀龙附凤，另一方面也借机炫耀一下自己的才华。

第三次官场生涯是诗人38岁出任武冈县令始，至43岁桐城令徙合肥幕官并治狱历阳且辞官归隐止，一共近六个春秋。这个时期诗人经历坎坷，多次辗转，先后于湖南、河南、安徽三地做官，虽官衔几经变化，却一直没得到升迁。《送宋景瞻秘校赴选》即是诗人此次官场生涯中的早期作品。

> 我欲渡湖湘，君乃赴京阙。官期安可常，念此千里别。人生几何时，倏忽变华发。难成为功名，易往嗟日月。在贵勿外矜，抱穷岂中热。顾彼四老人，未尝事干谒。一朝扶天子，千载名不灭。安之名与时，为君报祥说。西风吹月华，冷静若冰雪。何处望乡关，乡关此时节。

"我欲渡湖湘"指的是熙宁五年（1072）诗人赴武冈县令任前的一段时间。宋景瞻，太平州人，熙宁三年进士。身尚在姑孰的诗人即将赴湖南上任，而宋君却要赶赴京阙，此地一别，远隔千里，不禁感叹:"官期安可常,念此千里别。人生几何时,倏忽变华发。难成为功名,易往嗟日月。"道出了诗人自身的经历,实为至理。在劝导了宋秘校一番后,诗人又回到送别场景,"西风吹月华,冷静若冰雪。何处望乡关,乡关此时节",以宋景瞻秘校赴选为起兴,勉励对方。

上文的诗是与官吏的交游,下面再来看诗人与隐士之间的一首交游诗——《赠桐城青山隐者裴材》。

>青山为主身为客,主人借客青山宅。白云自在千里飞,长松不换三冬碧。藤枯谁与写作龙,龟老何年化为石。落花随水眷深源,鸣雁过江悲晚色。家无妻子心无累,顶冒寒霜踵藏息。月明舞影聊尽欢,一点尘寰不留迹。倘来轩冕真可嗟,朝为公卿暮遭谪。屈原贾谊尔为谁,问君何似青山客。

此诗作于诗人任桐城县令期间。裴材,史无记载,应为当地一位隐士。相对而言,生命有限而青山永存,所以诗人首言"青山为主身为客,主人借客青山宅"。永恒的青山是大自然的主人,生命瞬倏的人只是青山的客人,在青山与人之间,裴材也只是借山客居而已。"白云自在千里飞,长松不换三冬碧","落花随水眷深源,鸣雁过江悲晚色",诗人把自然界的白云、长松、枯藤、鸣雁以及落花、流水全收眼中,意象丰富,且视线渐远,整个诗的画面显出悠邈、静穆、平和的韵味。随后,诗人回到人间,想到官场的沉浮,不禁慨叹:"朝为公卿暮遭谪。"最后,"屈原贾谊尔为谁,问君何似青山客"。屈、贾的辛苦到头来又能如何?真不如闲云野鹤般长居青山一生舒乐啊!这样既满足了精神上、道德上的自我安慰,也避免了士子在社会政治的冲突中所容易遭受的危险,可以说是保全自己的一种无奈追求。

在此期间可考的交游诗尚有《将至汉夏先寄太守李学士公择》《舟经池州先寄夏寺丞公酉》《感怀赠鄂守李公择》《祀南岳喜雨呈李倅元吉》《送湖南运判蔡如晦赴阙》《湘西四绝堂再送如晦》《酬运判毛正仲》《中秋登自纻山呈同游苏寺丞骏》《再游浮山呈璞长老》《赠二李居士》等。

元丰三年（1080）至元丰五年（1082）是诗人宦海奔波中的第四个时期。诗人首先任京官国子博士，后通判汀州、漳州，其间有代表性的交游诗当为卷十三的《卧龙山泉山茗酌呈太守陈元舆》。

> 君不见欧阳公在琅琊，酿泉为酒饮辄醉，自号醉翁乐无涯。醉来落笔驱龙虵，电雷万里轰雷车。浓阴却扫吐朝日，草木妍媚春争华。斯人往矣道将丧，虽遇绝景谁能夸。又不见卧龙山下一泉水，源接银河甘且美。惜哉无名人不闻，唯有寒云弄清泚。君携天上小团月，来就斯泉烹一啜。不觉两腋习习清风生，便欲飞归紫金阙。挽君且住君少留，人生难得名山游。汲泉涤砚请君发佳唱，铿金戛玉摇商秋。斯泉便与酿泉比，泉价诗名无表里。自愧学诗三十年，缩手袖间惊血指。君如欧阳公，我非苏与梅。但能泉上伴君饮，高咏阁笔无由陪。明年茶熟君应去，愁对苍崖咏佳句。

据《永乐大典》引《临汀志·郭祥正传》云："通判汀州，与守陈公轩相欢莫逆，每于暇日，觞咏酬酢，今所传诗犹百余篇。"陈轩，字元舆，建州建阳人，时任汀守。是时陈轩为正职，郭祥正为副手，陈郭两人相交甚密，此诗为两人众多交游酬唱诗中颇具代表性的一首。祥正篇首即以当年欧阳修守滁州时醉吟琅琊山为喻，赞美陈轩守汀州。"君如欧阳公，我非苏与梅"，"苏"

与"梅"指的是欧阳修的二位好友苏舜钦与梅尧臣,此为作者自谦之词。

汀、漳期间的交游诗尚有《狄倅伯通席上二首》《次韵俞资深承事二首》《寄李伯华法曹》《送李绛伯华法曹》等。

诗人第五次也是最后一次宦海奔波是宋哲宗元祐元年(1086)至元祐四年(1089),即诗人52岁到55岁期间。此间诗人先以覃恩转承议郎官京师,后旋知端州。知端州,就成了诗人最后的官场经历。在此期间的交游诗很多,颇有代表性的为卷二十八《寄吉守李献父二首》。

其一

半月樽罍为我开,琵琶围座殷晴雷。船头一转如天上,犹有新声入梦来。

其二

昭亭交旧半存亡,只有君家近我乡。终约月明捶鼓过,贺公须爱李生狂。

此诗写于诗人53岁再次由京官外放知端州时,由家乡当涂至江西九江,然后沿赣江南下路过吉安时,回想五次宦海沉浮,官职由小吏刚升至漳州太守,却忤部使者被下吏,今虽然又重新担任太守一职,但远守岭南,心里是不会太平静的。又由于李献父(李琮)早在至和二年左右就曾官至宣州,与诗人有过交往,距今已32年了。今李琮知吉州,想到两人将再次会面,心情怎不激动?千头万绪涌向诗人笔端,"半月樽罍""琵琶"只是心外物感,入梦的新声才是内心衷曲,可又如何传递诗人内心的波澜?想来还是希望"贺公须爱李生狂"。此句典用贺知章言李白为"谪仙人"佳话,以"贺公"喻李琮,"李生"喻自己,以志李公的知遇之情。在诗人看来,朋友之间心灵上的相知和精神上的愉悦才是最重要的。全诗意气飞扬,语言酣畅。

写于此间可考的交游诗甚多,如《螺川送别王安济朝奉还台》《至万安寄吉守李献父大夫》《凌江立春日呈黎东美太守》《武溪深呈广帅蒋修撰》《将至五羊先寄颖叔修撰》《次韵颖叔修撰游朱明及字》《志游呈蒋帅颖叔》《寄东莞李宰宣德》《送刘光道赴桂幕》等。

二 隐逸闲居时的交游诗

"学而优则仕",青年子弟入学堂,通常的目的就是出仕为官,造福乡梓,但由于种种原因,一些仕人选择了隐逸闲居。唐人不善处穷,其中一个重要原因是他们的修养。宋人的私意最少,他们对社会对人生持的是肯定的态度,一般不会随个人的荣辱得失而有所改变,不会因宦海起浮而产生悲观厌世的情绪,欧阳修、王安石、苏轼、黄庭坚等人就是这样。他们的闲适生活并非无所事事、虚度光阴,而是充实的、高雅的、有生气的,他们多是怀着虔诚的心投入对圣贤之道的追求中,在读书悟道之余,吟诗、交游、赏景、绘画等,尽情享受清风和阳光。郭祥正就是他们当中的一个。当个人没有办法在政治上发挥作用,艰辛辗转于激烈党争的冲突中时,郭祥正选择了挂冠而去,闲居隐逸,出世和入世的取舍之间,表现出了诗人君子般的高尚情操。

纵观诗人一生,相对于五次官宦沉浮,其闲居隐逸也是五大阶段,下面就简述其隐居闲适时期的几首代表性交游诗。最典型的是《送梅直讲圣俞》。

青风吹天云雾开,仙人骑马天上来。吟出人间见所不可见，嫦娥织女为之生嫌猜。织女断鹊桥，嫦娥闭月窟，从兹不放仙人回。一落人间五十有四载，唯将文字倾金罍。李白佯狂古来少，骑鲸矗矗飞沿洄。杜甫问讯今何如，应为怪极罹天灾。公乎至宝勿尽吐，吐尽吾恐黄河水决昆仑摧。天穿地漏补不得，女娲之力何可裁。长安酒价不苦贵，风月但惜多尘埃。醒来强更饮百盏，酗酗愚智宁论哉。

梅直讲圣俞即北宋著名诗人梅尧臣。是时为至和二年（1055），梅尧臣丁母忧期满离宣城赴京师，途经当涂采石渡，想起去年从星子县主簿弃官的小青年郭祥正就住在此地，遂邀别祥正，此诗正是祥正写给梅尧臣的送别诗。据《梅尧臣集编年校注》，尧臣此次离开宣城，约为九月事。作为后生青年，能与早有盛誉的当朝大诗人梅尧臣结识，已是十分高兴，今又受他邀别于家乡津渡，更是件令人激动的事情，"青风吹天云雾开，仙人骑马天上来"，正是对梅直讲的赞誉与迎接，对梅的到来，诗人真是惊喜万分。然后"吟出人间见所不可见"喻比梅直讲的诗歌成就非凡，又以嫦娥、织女、李白、杜甫、黄河、昆仑、女娲以及长安酒市等极富历史文化积淀的意象作衬托，倾诉出诗人对梅直讲的钦服与敬慕之情。本诗辞采丰富，场面阔大，豪迈健举，其秀拔之处颇似李白之笔。

治平二年（1065），祥正31岁时给郑獬的一首《寄献荆州郑紫微毅夫》七言古诗，写得也是酣畅淋漓，文采飞扬。

> 李白不爱万古侯，但愿一识韩荆州。荆州太守古来好，至今文采传风流。郑公辞赋天下绝，殿前落笔铿琳璆。相如严谨反枯涩，宋玉烂漫邻倡优。卓然风格出天造，玉盘洗露银蟾秋。麻衣脱去未十载，宝犀饰带鱼悬钩。道行言听遇明主，皂

盖朱轓宁久留。渚宫风物最潇洒，酒满金罍谁献酬。公尝爱我如李白，恨不即往从公游。醉看舞袖卷明月，夜听长笛临高楼。词源感激泻江海，笔阵顿挫排戈矛。驽骀寒蹶固已困，勉之尚欲追骅骝。一朝公归坐廊庙，致君事业如伊周。门阑从卫愈严密，是时愿见应无由。行当投印佩长剑，梦魂已附西江舟。

郑獬（1022—1072），字毅夫，安陆（今湖北安陆）人，为官刚直敢言，是北宋中期名臣。他与郭祥正同年（皇祐五年）进士及第，为当年进士第一，《宋史·郑獬传》言獬"少负俊才，词章豪伟峭整，流辈莫敢望"。治平二年（1065），郑獬知荆南，此诗即郭祥正寄给他的交游诗作。

诗首句以"李白不爱万古侯，但愿一识韩荆州"定下了全诗的基调，虽同年进士及第，但郑年长郭祥正十四岁，且郑亦早有诗名，参加礼部考试时就以诗文名扬朝野了，所以郭祥正对郑獬一直执晚生礼。韩荆州，指唐玄宗时以善举贤才而名闻当时的韩朝宗，李白诗《忆襄阳旧游赠马少府巨》有言："高冠佩长剑，长揖韩荆州。"当时韩朝宗为荆州刺史。李白此句是对韩朝宗的干谒，但后来韩朝宗未能荐举李白。郭祥正此句借李白喻自己，借韩荆州喻郑獬。"荆州太守古来好，至今文采传风流。郑公辞赋天下绝，殿前落笔铿琳璆"，此句是对郑獬的直接赞誉。下面再以司马相如、宋玉典事相比较，指出郑公诗"卓然风格出天造，冰盘洗露银蟾秋"。在一系列的誉词之后，郭祥正想起当年二人交游："公尝爱我如李白，恨不即往从公游。"据郑獬《郧溪集·寄郭祥正》载："天门翠色未绕云，姑孰波光欲夺春。怪得溪山不寂寞，江南又有谪仙人。"末句即指祥正。另据《能改斋漫录》卷十："章衡子平答郭功甫书，其略云'郑公毅夫，吾叔表明及梅圣俞，皆以功甫为谪仙后身。吾不知谪仙之如夫子之少时,其标格渊敏,已能如此老成否'。"行笔至此,祥正仍诗思飞腾,"醉看舞袖卷明月,夜听长笛临高楼",对仗精妙,实为佳句。"词源感激泻江海"四句,再次誉美郑公,最后"一朝公归坐廊庙"六句是诗人的愿望。这个愿望果然于三年后得到实现,神宗熙宁元年(1068)郑公官拜翰林学士,后权知开封府,再后来因与王安石政见不合,出知杭州、青州,此是后话。

从前文可知,诗人晚年的隐士生活过得并不与世隔绝,而是四方交游,诗酒酬唱,如《和杨公度钱塘西湖百题》《代刺访历阳孙守公素》《次韵朱世昌察院登钟山》《次韵行中龙图游后浦六首》等表现出的,既有"投网舟移牵碧荇,采莲人去湿红裳"(《次韵行中龙图游后浦六首》)的洒脱,亦有"与君定交增浩然,谁谓此行垂橐还"(《即席和酬金陵狄倅伯通》)的豪迈。仕或隐在郭祥正看来,已不是内心难解的死结,诗人早已超出象外,已为自己的心灵找到了一个栖身之处,过起了适足逍遥的生活。

宋代很多士人在隐居时,多似祥正这样,整日读书著述,出游交友、饮酒赋诗,虽不入仕,但与朝廷、官吏并不隔绝,如与祥正同时代但稍早一些的理学家邵雍,一生为隐,但其生活却是交游四方,赏花饮酒,赋诗著述。他们在人生观等某些方面有着惊人的一致性,都是在肯定或不否定现实世界的同时,追求着个人的理想世界。他们的隐逸闲居并非仅仅是无道时代的无奈选择,而是基于文人士子们为树立个人人格自尊的总体需要,不得不做出的选择,这种现象的出现在当时是一种具有普遍意义的文化现象,也被称为超越有限自我与有限世界的"出世精神"。毫无疑问,郭祥正隐逸期间的众多交游诗歌,是在"出世精神"观照下的一种价值体现。

第二节 "风松自作笙箫响,暮霞却卷旌旗回"①
——郭祥正的题咏诗

文学艺术是生活的反映。生活的范围有多大,文学艺术的范围就有多大。郭祥正仕官与隐逸期间的生活都是积极的、热情的,在亭台楼榭、庙刹道观的游历中,在茶、酒、梅、竹等物的欣赏中,"独携椽笔发清唱",他手中的笔,一直就没有停过,一直都在吟咏着诗人对美好生活的热忱向往和追求。

郭祥正留下了大量题壁、题亭、题轩、题台等题咏诗,这部分作品多表达了诗人积极入世、追求功名或者逍遥世外、洒脱萧散的思想。在寄情流连之间,斐然文采的诗作不断涌现,主要作品有《太平天庆观题壁五首》《留题九江刘秀才西亭》《留题西林寺揽秀亭》《题净惠院》《题清远峡广庆寺壁》《题横山陶弘景书堂寺》《题华师院壁》《题雨花台》等。另外尚有不少"寄题"诗,如《寄题洪州潘延之家园清逸楼》《寄题李封州宅生堂》《寄题六以亭》《寄题德兴余氏聚远楼》等,因考虑到"寄"字,诗人是否真正去过这些地方,尚无确考,暂认为这一部分是诗人完全出自个人想象、为应付朋友的要求而作的"应制"之作,故这类诗歌本节不做讨论。

以上诗歌中影响较大的要数《留题西林寺揽秀亭》。

> 行瞻香炉峰,未出二林口。一区广地如席平,谁作新亭名揽秀。秀色可揽结,正对香炉峰。李白爱之不忍去,去便欲此地巢云松。寂寥往事三百载,涧泉谷草依旧扬清风。泉

---

① 《郭祥正集·朝汉台寄呈蒋帅待制》。

可掬，草可撷。清风洒面如冰雪，闲来携手四五人，倒尽金壶颊不热。寸心何独忘宠荣，形骸遗尽神超越。寄语世上士，劝君早归来。霹雳轰车胆欲落，忠愤虽死何为哉。此时竟不悟，此心徒自知。岚光向晚紫翠滴，杜鹃更在深林啼。试拂横琴奏流水，指下忽作商声悲。悲来乎，可奈何？推琴罢酒为君歌。

此诗写作年代不详，诗题下有自注："李公择学士命名云李白有九江秀色可揽结，吾得此地巢云松之句。""西林寺"，寺名，在庐山山麓。宋陈舜俞《庐山记》记载，"东林之西百余步，至远公塔，塔西百余步至西林乾明寺"。唐白居易《白氏长庆集》卷七《春游西林寺》云："下马西林寺，翛然进轻策。"指的就是这里。由诗题自注可知此亭的命名是学士李常（字公择，黄庭坚舅父）因李白句而来。

全诗从诗人于揽秀亭远眺入笔："行瞻香炉峰，未出二林口。""瞻"，往前或往上看；"林口"指的是东林的谷口和西林的谷口。这句说站在揽秀亭可远眺香炉峰，虽然还未出二林谷口，但揽秀亭已清晰可见，暗示揽秀亭地势之高且视线无碍，"一区广地如席平，谁作新亭名揽秀"。此亭建在一块平地上，可推究起来，"揽秀"二字应算是谁命名的呢？以下"秀色可揽结"六句是感叹李白题咏至今已三百年矣。现在此亭建的位置正对着香炉峰，周边"涧泉谷草依旧扬清风"，下面铺开写亭四周的泉、草、清风，以及带给游人的清雅感受："寸心何独忘宠荣，形骸遗尽神超越"。随后诗人发出一连串的感慨，并以"悲来乎，可奈何？推琴罢酒为君歌"遥想史事人生，诗人心潮澎湃，情绪激昂，推开琴，抛下酒杯，放展歌喉，以宣诉内心衷曲。谢榛《四溟诗话》说，"作诗本乎情景，孤不自成，两不相背。凡登高致思，则神交古人，穷乎遐迩，系乎忧乐,此相因偶然,着形于绝迹,振响于无声",即指出了诗采中的情景交融、浑然一体的关系,并特别强调了"登高致思"能"神交古人""系乎忧乐"的特点,这首诗就是一个较好的例子。登亭、写景、怀古、咏怀在此刻浑然一体,使全诗余味曲包,意绪飞腾,将西林寺揽秀亭的地理风貌、游客感怀表达得清清楚楚,真不愧为一篇备受后人传诵的歌行体诗歌。

诗人的《题清远峡广庆寺壁》也是一首为后人所津津乐道的题咏诗:

> 平明下碧落,晚投清远峡。银潢注地来,翠壁连天插。中含五峰秀,寺载三车法。龙归石有痕,犀跃无遗柙。直钩谁得鱼,危矶待鸥狎。长廊览前题,习之最为甲。物理求其全,用材无乃狭。浑诗亦可取,小雨缠一霎。未能臻甫白,源长流不乏。持杯聊酌茗,清风为停箑。超然望日下,岚翠忽颓压。忍涕上孤舟,低头随雁鸭。

此五言古诗写于元祐三年(1088)春天,已逾天命之年的诗人于元祐二年受诏赴知端州。这样一个州守之职,郭祥正似乎没放在心上,并不急于就任,在从家乡当涂赴端州的路上,登山临水,会朋访友,吟酒赋诗,饱览沿途风物人情的同时,在优哉游哉之中留下了近200首诗作,其中就有很多的题咏诗。本诗就是诗人过广东清远县东三十里的峡山时,在山中的广庆寺留下的。

全诗首先交代时间:"平明下碧落,晚投清远峡。"接着描绘广庆寺所处的地理环境:"银潢注地来,翠壁连天插。中含五峰秀,寺载三车法。""三车",为佛教用语,以牛车、羊车、鹿车为三车,比喻三乘。《妙法莲华经·三·譬喻品》中有述可参阅。唐杜甫曾有："双树容听法，三车肯载书。"① 中间十二句铺排所见所想与所感，意象叠加，极富想象力。最后六句为叙述之笔。眼望夕阳西坠，群山静寂，岚翠渐暗；雁鸭归巢，因不能再多欣赏，诗人怅然地踏上孤舟。语言朴白中夹杂崛奇，造语精奇，前后呼应，确为佳作。

另外如《太平天庆观题壁五首》中的"琼花满树春长在，知是人间换几年"，以天庆观周围满树的春光来揭示诗人的生命思索，含义不可谓不深。《题谢氏双溪阁》中的"霜练两条初合影，菱花一鉴泻余光"，以"霜练两条"来指借"双溪"，并且登阁可一览菱花，合景合情，是为实笔，这是诗人对现实的一种把握，在情景交织中，突出的是题咏者的主观思辨，是诗人的妙想和隽语。

第三节　"谁复采笙箫，玉宇思和音"②
——郭祥正的咏物诗

咏物诗是由赋发展而来。屈原的《橘颂》是现存最早的咏物诗，此后荀况以赋写箴（针）、写云、写蚕等是咏物的初长时期，魏晋南北朝时咏物诗发生分途，一途为纯粹的咏物诗，一途为传统意义上的借物寓意的咏物诗。纯粹的咏物诗出现得较晚，多在南朝诗人笔下，如谢朓的《杂咏五首》中咏灯、烛、镜台、席、落梅等，沈约的《咏湖中雁》《咏桃》等，萧纲所咏的萤、芙蓉、栀子花等。之后，这种纯粹描摹实物形态的咏物诗就愈趋冷落。虽然宋人俞文豹在《吹剑录》中说："诗惟颂德，咏物难，盖欲指实也。"这里的"指实"是指吟咏事物要真实可信，也就是要写李是李，画

---

① 《全唐诗》，第七册，卷二百二十六，杜甫，十一，《酬高使君相赠》。
② 《郭祥正集·庭竹》。

桃是桃。话虽这么说，但我国古代咏物诗的主流却是重在表现，即在"似与不似之间"，也就是写意，借物寓意。《文心雕龙·物色》云："自近代以来，文贵形似，窥情风景之上，钻貌草木之中。"说的应是这个现象。咏物的"物"，是诗人借来传递情感的中介物，诗人吟咏的审美效应最终落在物之形象之外，而不是物之形象自身。

郭祥正的咏物诗，包括诗人对茶、酒、竹、梅等物象的吟咏诗作。诗人笔下的镜、扇、莲、竹、牡丹、杨白花、柳、松枥、笛、鹭等，全是重在借物寓意，来传达诗人内心情感的，如《庭竹》。

> 眷此庭中竹，罗生横十寻。疏疏挺高节，密密敷清阴。好风每相过，流尘讵能侵。其下无蔓草，其傍修远林。结根自得所，非高亦非深。谁复采笙箫，玉宇思和音。

"疏疏挺高节"、"流尘讵能侵"、"非高亦非深"以及"玉宇思和音"就是诗人脑中之竹、情感寄寓之竹。一切艺术表现手法都要服从情感的调遣，儒家多是以颜色温润、情性柔和、本质朴实、品德淳厚这样审美与伦理合一的标准，规范进入社会的人的情感，而郭祥正正是以他的诗歌证明了他的价值追求。

郭祥正的咏物诗除了上述特色之外，还有以下两点应值得我们注意：一是篇幅短小，二是咏物大多与咏史抒怀相结合。

一 篇幅短小

郭祥正的咏物诗一般没有鸿篇巨制，稍长一些的《白玉笙》132字，《水磨》100字，《赏莲》100字，大多为篇幅短小的律诗或绝句，相对他的歌行体交游诗动辄200多字，真是短小多了。如五绝《小池白鹭》："白鹭白如云，窥鱼得思训。此中无弹弋，莫厌往来频。"再如《闻笛》:"何处佳人玉笛吹,春风已过落梅时。行云不动残阳下,欢乐悲愁各自知。"其咏物诗以篇幅短小的形式来表现,而交游诗却用长篇古诗、歌行来表达。

二 咏物大多与咏史抒怀相结合

这是郭祥正咏物诗的又一大特色。咏物不再简单地描摹物体,而是抒情写意,这在上面已经谈过,但是诗人可能更喜欢在咏物中糅合历史沧桑,这与宋代诗人大多同时又是学者不无关系。如古体诗《白玉笙》。

> 白玉笙,咸通十三年琢成。琢成匠人十指秃,进奉明堂声妙曲。当时应赐恩泽家,流传至煜煜好奢。高堂日日听吹笙,不知国内非和平。仁兵万众一旦至,国破苍黄笙堕地。虽然訛缺未苦多,却落人间为宝器。管长纤纤剥笋束,况值吴姬指如玉。不见排星换掩时,自然天韵来相续。昔时祸乱曲,今日太平歌。兴亡不系白玉笙,但看君王政若何。

全诗前半部分以叙事为主,兼抒情议论,后半部分则咏史抒怀。诗中言白玉笙琢成在咸通十三年(872),是为唐懿宗朝,距郭祥正生活的年代已近二百年,可谓历史久远。雕匠精心雕琢,十指成秃,是为劳苦,进奉明堂后,声惊朝野,视为宝器,后落到南唐后主李煜手中,喜爱音乐的亡国之君自然"高堂日日听吹笙,不知国内非和平",结果是"仁兵万众一旦至,国破苍黄笙堕地"。随着国亡,白玉笙就流落到民间,至此,笙的来历已交代得比较清楚了。下面诗人遂发议论:"虽然訛缺未苦多,却落人间为宝器。管长纤纤剥笋束,况值吴姬指如玉。不见排星换掩时,自然天韵来相续。"对白玉笙的这些历史经历,诗人咏叹:"昔时祸乱曲,今日太平歌。

兴亡不系白玉笙，但看君王政若何。"白玉笙已不再是简单的乐器了，而成了诗人高歌"仁政"的触发物，是诗人咏史抒怀的情感凝聚或流动的催化剂，诗人主观的仁者情怀是内心的感觉，它一旦触及身世复杂的"白玉笙"这个物象，便一下子活跃起来，灵感汹涌。正如刘西渭（李健吾）在《咀华集·答〈鱼目集〉作者》中所言："一行美丽的诗永久在读者心头重生。它所唤起的经验是多方面的，虽然它是短短的一句，有本领兜起全幅错综的意象：一座灵魂的海市蜃楼。"

郭祥正七言律诗《剑》也是一首蕴含咏史抒怀成分的咏物诗。

> 不得公孙一舞看，空嗟尘渍血痕干。铸成星斗生光焰，化作龙蛇会屈盘。金匮藏时天地静，玉池磨处雷霜寒。谁为将相扶明主，此物能令社稷安。

全诗首先以公孙大娘的剑舞典事入手，"不得公孙一舞看，空嗟尘渍血痕干"。伤人害命的凶器——剑，在诗人的心中涌起了层层波澜。诗歌先是描绘它的外形，"铸成星斗生光焰，化作龙蛇会屈盘"。然后刻画它的质性，"金匮藏时天地静，玉池磨处雷霜寒"。最后联系历史长河，帝王将相，谁不是在"剑"或武力的辅佐下成就的王侯霸业？"谁为将相扶明主，此物能令社稷安"。没有"剑"或武力，国家社稷的长治久安将从何谈起？在此刻诗人的心中，"剑"已经和内心的千古王事相互碰撞、相互融汇，所反映之的诗句也就成为注入了诗人情感的复合物。

再如诗人的《藏云寺酌泉》："不到藏云四十年，寺名重换屋新迁。清泠不变当时味，只有庭心一眼泉。"沧海桑田，历史变迁，人已非，物亦非，但泉水呢？"清泠不变当时味"，当初的"清泠"依然未改，改变的只是世间人事，诗人心中的千头万绪在藏云寺泉这一物象的激发下升腾,交织,留下时空的变迁让读者自己慢慢咀嚼体味。

第四节 "松烟竹雾水村暗,鸟啼猿啸花语香"①
——郭祥正的山水诗

如果诗人的本性是亲近自然的,那么就很容易理解文学史上为什么会产生数量众多的山水诗了。有关山水景物的描写早在《诗经》《楚辞》中就已经出现,但山水诗正式成为一种独立的题材,并形成独特旨趣和观照方式却是在东晋时期。此后,在陶渊明、谢灵运等人的引领下,山水诗日益滋盛。经过孟浩然、王维、李白、杜甫、常建、储光羲等人的天才创作,这一题材竟成了士人们抒情言志的重要方式。中唐、晚唐乃至整个宋代,山水诗盈千累万,郭祥正自然也随流而动,加上诗人的心性使然,创作了大量的山水诗。"爱山心未足""闲情寄浮云",登览祖国的壮丽山河,诗人的心绪是激昂飞扬的,在乐山乐水中以诗言志寄怀,主要的代表作品有:骚赋体如《山中》《泛江》《石室游》等;歌行体如《庐山三峡石桥行》《谷帘水行》《金山行》《潜山行》《姑孰堂歌赠朱太守》等;五言古诗如《田家四时》《樊山》《石门》《登历阳城凌歊台》《凤凰驿》《太平洞》《寻真观》等;七言古诗如《采古亭观浪》《金陵赏心亭》《凌歊台呈同游李察推(公择)》等;五言律诗如《黄山二首》、《冬夜泊金山》、《同萧英伯登净惠寺山亭二首》其二、《宿广善院》等;七言律诗如《开元客馆》《东湖》《庆历寺》《石室后游》《次韵朱世昌察院登钟山》等;五言绝句如《泰王缆船石》《闲泉》《看经楼》《春水绿波》《山居绝句六首》《西

---
① 《郭祥正集·桃源行寄张兵部》。

岩寺六首》等；七言绝句如《望庐山二首》《舟经天门》《辨山亭二首》《峡石道中口占》《安止同登王园葆光阁二首》等。

以上诗歌中的《庐山三峡石桥行》写庐山的三峡与石桥的磅礴气势，使人读之如临其境、荡气回肠。

> 银河源源天上流，新秋织女望牵牛。洪波欲渡渡不得，叱鹊为桥诚拙谋。胡不见庐山三峡水，此源亦接明河底。擘崖裂嶂何其雄，崩雷泄云势披靡。飞鸟难过虎豹愁，四时白雪吹不收。烛龙此地无行迹，六月游子披貂裘。谁将巨斧凿大石，突兀长桥跨苍壁。行车走马安如山，下视龙门任淙激。寄言牛女勿相疑，地下神工尤更奇。唤取河边作桥栋，一年不必一佳期。

此诗写作时间不详，首六句将庐山三峡比作银河，其气势自然不同，此应与李白"疑是银河落九天"相暗合。诗句中的"洪波"指想象中的银河水势汹涌，"叱鹊"为"喜鹊"。诗人抬头仰望的三峡激流直接闯入我们视线，接下来用超凡的想象力和突兀的词汇将三峡激流作了酣畅的描摹。诗句中的"烛龙"是神名，出自《山海经·大荒北经》，屈原《天问》曾有："日安不到，烛龙何到？"接着诗人就将目光转移到了石桥上，"谁将巨斧凿大石，突兀长桥跨苍壁"，句中"凿"为榫卯，"跨"字极富动感。后六句则进一步展开想象，并以议论作结，期盼牛郎与织女二人能因此桥长久团聚而不再受七夕之限。全诗气势豪放、流畅，使读者在充分体味三峡与石桥巧夺天工的同时，体验到诗人喷薄向上的感情主线。同时，比喻、夸张、排比的使用，更是撞击着读者的神经，其收到的艺术效果是不言而喻的。

如果说《庐山三峡石桥行》因山川景物的特征而给人的感受是

豪放酣畅，那么下一首七律《开元客馆》则呈现另外一种气象。

> 裂瓦欹椽五六间，地形高下颇依山。黄鹂相应雨初过，绿树成荫春已还。土灶有烟营饭饱，柴门无客任苔斑。却思一钓沧浪去，蘋叶蓼花相伴闲。

诗中首先交代了客馆本身的情况与地理位置，然后诗人的视野逐步放大。再次，"黄鹂相应雨初过，绿树成荫春已还"，由外到内，有声有色，有动有静，对仗工稳，其中的"黄鹂相应"与"柴门无客"为传神之处，体现出诗人目光之敏锐。最后，"却思一钓沧浪去，蘋叶蓼花相伴闲"，更是点睛之笔，原来诗人竟想长居此地，看山观云，长钓沧浪，过闲云野鹤般的隐士生活，诗人之志由此生发，自如畅达。

郭祥正的山水诗中尚有不少佳句，均能情景交织，蕴藉无限，如：

> 楼下水连天，楼居即水仙。何须把黄卷，极目尽红莲。
> ——《看经楼》

> 人去泉长在，人忙泉亦闲。不供鱼鸟饮，只是照青山。
> ——《闲泉》

> 亭上客送客，江头山映山。白醪须酌尽，彩凤欲飞还。帆转疏林外，烟生远渚间。离愁自堆积，辄莫唱阳关。
> ——《螺川送别王公济朝奉还台》

> 谁云江南地偏小，姑孰之堂天下少。丹湖千里浸城东，蒲

苇藏烟春渺渺。

——《姑孰堂歌赠朱太守》

风松自作笙箫响，暮霞却卷旌旗回。长空无碍鸟无迹，人事宁须问今昔。

——《朝汉台寄呈蒋帅待制》

诗人的情思在烟霞山水中流淌，在蒲苇阳关中传递，美景虽是上天的赐予，但也要靠慧眼灵心的发现。"在具体的山水面前，总有一种超乎具体情景、事象之外的一种思致或意境"，特别是"极目尽红莲""人忙泉亦闲""亭上客送客""暮霞却卷旌旗回"等诗句，读过之后令人有一种说不出来的、超乎耳目感官之外的心灵及精神上的触引和兴发，既不具体，也不强烈，但总有一股情绪在心间萦绕而挥之不去。

第五节 "遇胜寄幽怀，览古兴绝唱"①
——郭祥正的咏史诗

如果说山水诗是诗人性情的挥洒，那么凸显对现实世界人文关怀的咏史诗则是诗人内在品格力量的奔涌。《郭祥正集》中有很多吟咏历史事件、历史人物的诗歌。最著名的莫过于《追和李白登金陵凤凰台二首》其二：

高台不见凤凰游，望望青天入海流。舞罢翠娥同去国，战残白骨尚盈丘。风摇落日催行棹，潮卷新沙换故洲。结绮临春

---
① 《郭祥正集·赠元龙图子发》。

无觅处,年年芳草向人愁。

这首七律当作于治平四年,祥正33岁,尚隐逸在家,时年王安石知江宁府,祥正往金陵拜会,两人同登金陵凤凰台。凤凰台,在今南京西南的凤凰山上。传说南朝刘宋元嘉年间,曾闻凤凰集于山上,乃筑台,并以"凤凰"命名山与台。唐天宝年间,诗仙李白与友人崔琮之曾同上凤凰台,李白赋《登金陵凤凰台》七律一首,诗云:"凤凰台上凤凰游,凤去台空江自流。吴宫花草埋幽径,晋代衣冠成古丘。三山半落青天外,二水中分白鹭洲。总为浮云能蔽日,长安不见使人愁。"郭祥正受李白吊怀的启发,但又别有创意,在咏史抒怀中突出了诗人对历史发展必然性的感悟,从而达到人生哲理的高度。

全诗纵向的历史性意象与横向的自然景物意象相互交织,但咏史之情是为主,眼前之景是为宾,景物的描绘在诗中是情感的渲染或补充。释皎然《诗式》云:"以情为地,以兴为经。"凤凰台与东流江水都化成了"兴象",正如张若虚的《春江花月夜》仅仅是描写花月春江绚丽的夜景吗?当然不是,"江畔何人初见月?江月何年初照人?人生代代无穷已,江月年年只相似。不知江月照何人,但见长江送流水",其表现的是诗人对宇宙永恒与人生短暂之自然规律的咏叹。优秀的诗篇就是这样,"润物细无声",诗人在不知不觉中表述着他的人生哲思,而读者也就在咏诵中不知不觉地领略了这种哲思。赵兴麟《娱书堂诗话》卷上云:"郭功甫与王荆公登金陵凤凰台,追次李太白韵,援笔立成,一座尽倾。白句人能诵之,郭诗罕有记者,全俱记之。"此诗正是依次韵惯例,受原诗启发但又别有创意的一首相当优秀的咏史诗。

诗人另一首《樊山》古诗,在吟咏樊山的历史上亦是令人荡气回肠。

  汉室火符熄,群雄起纵横。两京荡为墟,万里无农耕。曹操劫神器,欲窃禅让名。吴蜀耻北面,鼎峙方战争。杀人如鲙鱼,天地厌血腥。至今武昌邑,尚传吴主城。长江吞八极,圆坛窥杳冥。想当禋郊时,志勇扫挽抢。燔柴封玉牒,冠弁罗公卿。登山锡燕喜,目光烂旗旌。宁知后嗣弱,壮业竟无成。空余旧基址,千载未欹倾。常时屡掩卷,每读涕泗盈。而况泊舟楫,披榛自径行。霸图何所见,芳草与云平。晚浪淙石脚,犹疑兵甲声。

  樊山,又名樊冈、来山、袁山或寿昌山,今称雷山,在今湖北鄂城西北。《水经注》云:"今武昌郡治,城南有袁山,即樊山也。"与祥正为诗友的苏轼亦有《樊山记》。祥正在诗题下自注云:"即孙权郊坛祀天之处,今尚存,谢朓诗云樊山开广宴是也。"

  全诗以樊山为诗题,简笔吟咏了三国时期魏、蜀、吴争霸的那段历史,然后诗笔落在孙吴一家,遥想孙权主武昌时的宏图壮业,以及孙权后人的孱弱衰败,两相对比不禁"常时屡掩卷,每读涕泗盈"。现在诗人真正登樊山,看到当年孙权郊坛祀天的遗迹尚存,但却是荆榛满山坡,"芳草与云平"。天色渐晚,岸边江水拍打着石头,仿佛当年千军万马的厮杀之声响际耳边,但也只是"犹疑"而已。全诗叙事、议论与抒情相结合,不作奇谈怪论,没有惊人之语,却做到了情与景、古与今、虚与实的有机结合,感慨深沉,乃咏史诗的佳作。

  学者董桥曾经说:"不会怀旧的社会注定沉闷、堕落,没有文化乡愁的心井注定的是一口枯井。"郭祥正的"怀旧"是执着的,是清醒的,他对历史人物、事件有着自己的审视原则与衡量尺度。再如《书陶弘景传后》。

能辞朝市隐山中，爱种青松听好风。不学许由长洗耳，谬为图谶悦萧公。

此诗为诗人读了有关陶弘景的传记后发出的感慨。陶弘景（456—536），字通明，南朝时丹阳秣陵人（今江苏南京、江宁一带），初为齐诸王侍读，后隐居于句容句曲山，自号华阳隐居。曾佐萧衍夺齐帝位，建立梁王朝，参与机密，时谓山中宰相。著有《真灵位业图》《真诰》等道教经籍，晚年受佛五大戒，主张儒、释、道三教合流。他曾遍历名山，寻访药草，著有《本草经集注》等，死后谥贞白先生。郭祥正大为感慨的是陶佐萧衍夺齐帝，且参与机密，建立梁王朝的这一段历史。"能辞朝市隐山中"的人，平素应该"爱种青松""听好风"，与世无争，可陶弘景却"不学许由长洗耳"。许由，上古隐士，隐于箕山。相传尧让天下给他，不受，遁于箕山之下。又召为九州长，许由不想听，遂于颍水之滨洗耳，以示不合作。这句讲的是陶面对功名利禄，最终没能如高士许由那样不理俗事诱惑、尘世纷争，而是改变了隐居山林的初衷，"谬为图谶悦萧公"，在诗人看来，陶的行为是错误的、不应该的。

郭祥正的咏史诗佳作很多，如在合肥期间吟咏三国旧迹的诗如《藏舟浦》《魏王台》《次韵行中龙图游后浦六首》《元舆待制藏舟浦宴集》《元舆待制招饮衣锦亭》等。诗人在咏史抒怀中既没有像杜牧那样刻意翻新，也不似李商隐那般刻意隐晦含蓄、一唱三叹，而是娓娓道来，在富含人文关怀的儒家基调中，既体现出对古人古事的咏叹，又包藏着对时光流转、物理变迁的具有普遍意义的人生感叹，在创造优美意境的同时，亦伴着咀嚼不尽的悠长韵味。

第三章

"史君一饮诗千句,掷地浑如金玉声"[①]

——郭祥正诗歌体式及诗风分析

孔凡礼校注的《郭祥正集》中卷一为楚辞体,20首;卷二为歌行体,32首;卷三至卷七为五言古诗,共258首;卷八至卷十五为七言古诗,共157首;卷十六为杂体古诗,29首;卷十七至卷二十,为五言律诗,共196首;卷二十一至卷二十四,为七言律诗,共177首;卷二十五、二十八、二十九为七言绝句,309首;卷三十为挽诗,30首。孔先生又辑佚了三卷,其中一、二为五言古诗,60首;辑佚卷三为古今诗体(包括残句)共25首,文9篇。这样,综合后统计如表3-1所示。

表3-1 郭祥正诗歌各体裁诗歌数量统计

单位:首

类别	楚骚	歌行	五古	七古	杂古	五律	七律	五绝	七绝	五排	六绝
正卷	20	32	258	157	29	196	177	139	309	5	1
辑佚	/	5	60	2	/	/	/	/	9	/	/
合计	20	37	318	159	29	196	177	139	318	5	1

[①] 《郭祥正集·次韵行中龙图游后浦六首》。

续表

类别	楚骚	歌行	五古	七古	杂古	五律	七律	五绝	七绝	五排	六绝
所占百分比(%)	1.4	2.6	22.3	11.1	2	13.7	12.4	9.7	22.3	0.3	0.1

注：①卷十九中有五言排律一首。
②卷二十中有五言排律四首。
③卷二十五中有六绝一首。
④计算百分比时以1429首完整诗歌为标准，其中包含挽诗30首，除去了残句与联句。
⑤资料来源：（宋）郭祥正撰、孔凡礼点校《郭祥正集》，黄山书社，1995。

从表3-1中可以看出，郭祥正诗歌中数量最多的是五言古诗与七言绝句，各318首，各占总数的22.3%；其次是五言律诗，196首，占总数的13.7%；再次分别为七律、七古与五绝，各占总数的12.4%、11.1%和9.7%。具体的诗体数量体现出诗人在创作中的擅长与偏爱，虽然并不一定代表诗歌的总体质量，但综合起来看，写得最好的是歌行体诗与七古诗，然后才是五古与七绝。下面依次具体分析。

第一节　五言诗

五言诗，是古代诗歌的主要体裁之一，要求全篇每句五字或以五字为主，句数不限。一般分为五古、五律、五绝和五排四大类。郭祥正的诗歌中，五言诗为658首，占其全部诗歌（1429首）的46%，其中五古318首，占五言诗的48%；五律196首，占五言诗的30%；五绝139首，占五言诗的21%。可见，诗人的五言诗中五古最多。

一　五古

郭祥正的五言古体诗数量很大，题材众多，内容丰富。诗人用它交游酬唱，用它吟咏山水，用它题咏抒怀，用它次韵追和等，生活中的方方面面、点点滴滴都能被诗人以五古的形式表达出来。但在不同内容的吟唱中，诗作所反映出来的风格却有着差异，主要是在交游酬唱的题材中，诗歌的语言豪放纵横，气势酣畅，意象丰富密集，且常用典故。而在吟咏抒怀的题材中，诗歌的语言多古朴质实，不事雕琢，自然平和，且多不用典。下面具体来看。

（一）交游酬唱的五古豪迈纵横

郭祥正在交游酬唱类的五古诗中，诗人有意地放纵想象，铺排意象，而且将典事直接融入诗中，给人酣畅豪拓的感觉，如《和颖叔游浮丘观》。

> 潭潭洞天门，孰出朱明右。突疑云翼张，竦见冰骨瘦。飞仙时往来，别有通海窦。此事仅传闻，世人岂能觏。欹檐榛棘合，坏壁青红旧。汲泉炼丹处，颓废无完甃。不逢博物人，妙迹谁复究。黄冠禀使者，乘时力营构。飞阁凌沧波，诛林逐群狖。松萝翠欲滴，兰茝芬可嗅。秋蟾助余皓，蓬岛分小岫。披披宿霭散，泠泠诸籁奏。超然俗虑息，挥手出宇宙。况逢老集仙，气夺天下秀。落笔诚千言，霹雳震白昼。于兹惜分携，作心须掺袖。

此为诗人在广州期间与时任广州太守的多年老友蒋之奇（字颖叔）同游浮丘观时所作。首句中的"朱明"为朱明观，在广州城西的浮丘山中。一、二句点明浮丘观的地理位置，然后诗人联想与想象的闸门突然打开，"突疑云翼张，竦见冰骨瘦。飞仙时往来，别有通海窦"，接着"此事仅传闻，世人岂能觏"。一个反问就将读者拉回现实。下面诗人再次摇动他的如椽神笔，用十八句诗将诗人游浮丘观时所思、所想、所感、所悟挥洒得淋漓尽致，当中丰富的意象铺排跳跃，使人目不暇接，思绪完全被诗人的诗句所左右。最后六句是诗人美誉蒋之奇之句，写得恰当妥帖。全诗语言流畅，比喻、夸张、借代等修辞一应俱全，堪称大手笔。

再如《和樊希韩解元》。

> 君马一足病，琐琐阻行迈。况复梅雨天，坐卧不能快。空山无大窳，何以具君噇。墙根采肥杞，湖湑买鲜鲙。开樽荐浊酒，高论幸忘悫。寸心拔茅塞，两耳抉双聩。文醇潜大和，诗险露幽怪。联吟极物象，君胜我屡败。东野久龙钟，多惭退之拜。奇才必自重，虽黜愈勿懈。下璧未遇时，在璞岂能坏。鉴赏一日逢，青紫信如芥。君行且迟留，马病愿未差。贳衣亦何辞，庶用接嘉话。

这是一首和诗。全诗意象飞动，孟郊、韩愈、卞和璧等典事丰富，语言跌宕起伏，气势四满。再如《安中尚书见招同诸公登雨花台》。

> 城南五里近，驱车稍停休。层台临古刹，欣陪清净游。凭高送远目，考古思名流。更读琳琅篇，叙事何其周。尸黎与法云，接迹居岩幽。趣将金仙谐，行匪邪径由。至今手植松，千丈腾龙虬。悟发特异众，妙龄已依刘。天华无根蒂，应讲来飞浮。帝释昔举手，此理谁可侔。迩来表前踪，新亭压鳌头。空渚栖古月，大江浴清秋。旷怀出十地，壮气横九州。三山连天门，水府卧金牛。故国罗绮灭，深宫榛莽留。兴亡千岁间，愁绪如缲抽。惟余北岭云，无心自悠悠。高鸿正飞冥，网罗安得收。公等真丈夫，问学皆渊丘。不应持使旌，归合登瀛洲。桓

桓鼎鼐司，落落金马俦。君臣若尧舜，明良互赓酬。胡为慕瞿聃，玄微解而优。愿舒三日霖，慰此旱岁求。乾坤涵润泽，使我醉两眸。呫嗟勿重陈，玉树后庭讴。

此诗作于元祐六年诗人隐居交游于金陵时。安中尚书指的是黄履，字安中，邵武人，两人是老朋友，祥正在知端州任时，时知洪州的黄履曾派人送双泉美酒给祥正。元祐六年（1091）八月黄履知江宁府，祥正往访，同登雨花台，诗人挥笔而成此五古。全诗造语险奇，语言铿锵，各种意象跳跃铺排，比喻、夸张、借代等修辞手法使用妥当，真是鸿篇巨制。

其他如《听惠守钱承议谈罗浮山因以赠之》《九曜石奉呈同游蒋帅颖叔吴漕翼道》《赠陈思道判官》《送范端仲推官》《送朱伯原秘校》《谒桐乡张府君庙》《同刘继邺秀才游岳麓登法华台呈如水长老》等，全都神采飞动，想象奇特，意象丰富，语言铿锵，豪放酣畅，各种修辞手法交错使用，使郭祥正的交游类五言诗特色独具。

（二）吟咏抒怀的五古平和洒脱

郭祥正五古中的那些吟咏抒怀诗与交游酬唱类诗歌有着明显的不同。这类诗歌的语言多平淡洒脱，气韵舒缓，诗中几乎不用典或很少用典，没有铺排的意象，给人的感觉是自然平和的。如《春日独酌十首》。

其一

桃花不解饮，向我如情亲。迎风更低昂，狂杀对酒人。桃无十日花，人无百岁身。竟须醒复醉，不负花上春。

其二

　　江草绿未齐，林花飞已乱。霁景殊可乐，阴云幸飘散。且致百斛酒，醉倒落花畔。

美丽的春日有桃花盛开，有江草碧绿，有林花漫飞，亦有百斛好酒，可诗人却要独酌，"独"隐含着孤单寂寞与无奈，但诗里流露出的却是潇洒逍遥。全诗语言流畅，古朴自然，近似乐府，无夸饰之笔，而且前后结构工致齐整，自然浑成。郭祥正写作这首诗是借鉴了李白的《春日独酌十首》与《月下独酌》的，这可以从诗句中看出，李白《月下独酌》云："举杯邀明月，对影成三人。月既不解饮，影徒随我身。暂伴月将影，行乐须及春。"郭诗其一中的首句即"桃花不解饮"，其一的尾句"不负花上春"，其二的第三句为"霁景殊可乐"，尾句"醉倒落花畔"，均为化用李诗之处。诗人一生追慕李白，这首诗也算是他取得的成果吧。吴孟复先生曾在《宋诗鉴赏辞典》中对此作了很好的注解，笔者深以为是。又如《怀友二首》。

其一

　　夕阳在窗户，凉气何处来？微风泛庭柯，萧萧历空阶。抱琴一写之，冰霜溅孤怀。但惜对樽酌，而无良友偕。聊将幽独思，滔滔寄长淮。

其二

　　晚坐庭树下，凉飔经我怀。亦有樽中物，佳人殊未来。佳人隔重城，谁复为之侪。瞻云云行天，步月月满阶。想闻诵声作，崩腾泻江淮。

夕阳下，诗人坐在窗户旁弹琴饮酒，思念友人；夜色中，诗人坐在庭树下，亦在思念友人。全诗借寄箴对勉之意"想闻诵声作，崩腾泻江淮"，来抒写"滔滔寄长淮"的思念之情。诗中没有对友人作具体刻画与说明，只通过比兴将怀友之情缓缓诉出，深受李白影响，颇似唐音。唐以前及之后的此类诗作对对方多有深入细致的描绘，如杜甫的《赠卫八处士》等。但是在李白赠送友人的诗歌中，却无对对方细致具体的刻画，而是多用比兴来烘托，渲染，如《赠汪伦》《赠卢司户》《送孟浩然之广陵》等。郭祥正效慕李白，此诗即为一个很好的说明。全诗语言平实流畅，没有艰深的文辞与典故，不事雕琢但极富情致，特别是诗中的"瞻云云行天，步月月满阶"简直就是唐音。

再如《望牛渚有感三首》其三。

江迴偏留月，山空不住云。遥怜李太白，曾忆谢将军。帆影随潮上，樵声隔岸闻。柳花迷客眼，三月雪纷纷。

牛渚山，在安徽当涂县西北，其山脚突入长江的部分，是为采石矶。唐杜牧《樊川集》四《和州绝句》曾云："江湖醉渡十年春，牛渚山边六问津。"① 此诗作于熙宁十年（1077），是年43岁的诗人，于桐城令任上徙为签书保信军（合肥）节度使判官，治狱历阳（今安徽和县）。这首诗就是诗人滞留历阳时因怀念家乡当涂，遂来到江边，仰首西望，对岸即是家乡的牛渚山，虽仅一江之隔，但诗人却要滞居历阳而不得志，且不能返回家乡，只好望山而吟是为悲伤。全诗语言通俗平实，自然流畅，既有李白诗歌的秀拔，亦有欧阳修的绵婉明畅，自然淡雅，明白朗净。

---

① 《全唐诗》第十六册，卷五百二十三，杜牧，四。

其他如《东望》《戴氏鹿峰亭二首呈同游》《凤凰驿》《庐陵乐府十首》《怨别二首》《追和李白秋浦歌十七首》等，全都自然洒脱、淡雅平和。

二 五律

五律全首八句，每句五字，韵律严格，是我国古代重要的诗歌形式之一。郭祥正的五言律诗有196首，占五言诗的30%，在《郭祥正集》中占有4卷。这部分诗作的特点是章法严密，语言清健明朗，节奏舒缓，如《深夜》。

> 四天垂翠碧，一水湛星辰。寂寞殊方夜，漂流片叶深。帝乡劳梦想，客路只风尘。钟鼓还催晓，深惭钓渭滨。

此诗中"钓渭滨"是取姜子牙钓于渭水之滨的典事。全诗结构谨严，意象独特，如"翠碧""帝乡"，选用动词精准，如"垂""湛""劳""催"等和谐多变，自然妥帖，首尾呼应，四十字无一生僻，感情真挚，心态化趋向十分明显，给人感觉质实流畅。又如《冬夜泊金山》。

> 寒野云阴重，新冬客意忙。道途无处尽，岁月有时长。流落随江海，崩腾避雪霜。还投白莲社，清净万缘忘。

冬季停泊金山（今江苏镇江），四野凄寒，阴云重重，而前途道路却没有尽头，今夜只得停泊于此，诗人感到人生岁月也如今夜一样漫长，奔腾的江水从耳畔汹涌而过，想想还是东晋慧远当年入庐山居东林寺，与刘遗民、宗炳、慧永等十八人结白莲社，将尘缘俗世忘得干干净净的日子清净逍遥啊。全诗语言清逸流畅，用典浅雅，风格有清刚爽健的基调。再如《螺川送别王公济朝奉还台》。

> 亭上客送客，江头山映山。白醪须酌尽，彩凤欲飞还。帆转疏林外，烟生远渚间。离愁自堆积，辄莫唱阳关。

这是一首送别诗，意象丰富，词采流丽而风调清爽，且脱于流俗。郭祥正的五律无论什么题材，抑或登山临水，抑或自抒胸怀，抑或交游送别，诗作大都恬淡平和，意脉贯穿。其他如《溪岸》《松风》《柴门》《元舆待制藏舟浦宴集》《晚晴》《雨怀安止三首》《送衡武陵赴阙》等，写得首首皆好。

但郭祥正的五律却有一个不得不提的不足，即个别诗句有雷同的现象。如卷十八中《谢君仪寄新茶二首》其一中第三联有"辗开黟玉饼，汤溅白云花"，在卷十九《招孜祐二长老尝茶二首》，其二第二联为"软玉裁成饼，轻云散作花"。另外，郭祥正五律的尾联一般写作不佳，特别是末句，提炼不够。如卷十七《江亭》尾联"遣仆沽春酒，幽欢取次成"，同卷《水花》尾联"幽人颇萧索，此地要频经"，同卷《夜兴》尾联"常娥如借月，蚊蚋莫相侵"等。这些末句直接影响着整首诗歌的神韵格调，真为憾事，可能这就是诗人草率之处。想来，郭祥正就是郭祥正，到底不是李白，"挥手自兹去，萧萧班马鸣"（《送友人》）、"谁念北楼上，临风怀谢公"（《秋登宣州谢朓北楼》）、"愿为腰下剑，直为斩楼兰"（《塞下曲》）等，这些脍炙人口的诗句至今人们仍耳熟能详，诗仙李白的天才神笔岂能是说学就能学来的？

三 五绝

源于汉魏五言四句体古乐府的小诗——五绝，自隋唐时期即被律化，其风格大多于平易中见深婉。郭祥正的五绝传承唐诗之遗风，语短意长而含蓄清淡，颇有李白诗歌神韵，如《西村》。

> 远近皆僧刹，西村八九家。得鱼无卖处，沽酒入芦花。

此诗是诗人晚年隐逸期间交游杭州时所作《和杨公济钱塘西湖百题》中的一首。诗人吟咏的是西村渔家日常生活中的一个场景。诗歌表面写渔家因附近多是僧刹寺院，所打之鱼无处叫卖，只好于芦苇荡中自己沽酒而食。程杰先生在《宋诗三百首》中此诗下注云："咏渔家生活，似寓有怀才不遇之意。"是为一说。全诗简洁清淡，声缓意长。又如《秦王缆船石》。

> 秦王昔观海，此石系楼船。锦缆已无迹，苍苔昏野烟。

郭祥正论诗有"清"的倾向，应用到自己的诗歌创作上，本诗应是"清"的代表。历史沧桑，昔日秦王缆船石沐风浴雨已不知几多春秋，诗人咀嚼着这一历史遗迹，在静观清空的审美观照下，感慨时光的流转、世事人生的短促。全诗语言质朴无华，不作修饰，节奏调和，流畅清淡。诗人在描绘缆船石的象征意义的幽独景象时，采取的是直觉经验的审美观，实际上也是以联想思维将社会历史作了某种浓缩。又如：

> 不自烟霄谪，世间无此人。心声与心画，开卷见天真。
> ——《吴子正召饮观太白墨迹》

> 一弹弦一绝，思君肠百结。雁过无书来，立尽松间月。
> ——《寄漳州诗僧缘进》

> 启闭何人见，湍流一涧分。仙家无路入，空锁石楼云。
> ——《石门涧》

> 片片冰崖裂，淙淙雪浪深。举头看白鹭，相伴洗尘心。
> ——《苍玉洞》

这些诗歌语言锤尽杂质，干练省净，既有梅尧臣诗歌的坚固和纯粹，深远闲淡，又有李白遗风，华而不绮，清而不癯，格调清雅，颇得风人之旨。

第二节 七言诗

七言诗，古诗体名，全篇每句七字，或以七字为主，它是古代诗歌的主要形式之一。唐代是七言诗的极盛时期，古、律兼备，由于李白、杜甫、高适等人的大力推动，七言诗内容含量更大，从而渐变为与五言诗并驾的主要诗体。

七言诗一般分为七古、七律和七绝三类。郭祥正的七言诗共654首，占其全部的1429首诗歌的45.8%，比五言诗的46%略低一点。这些七言诗中，七古159首，占七言诗的24.3%；七律177首，占七言诗的27.1%；七绝318首，占七言诗的48.6%。由此可见，七绝在郭祥正的七言诗歌中所占的比重是最大的。下面依次来谈郭祥正七言诗歌中的七古、七律和七绝。

一 七古

郭祥正的七古诗往往从大处把握对象，天上地下，日月江海，雷溟波峰以及神话传说、佛道典事俱入诗中，赋其形色，咏其神气，尤擅用比喻、夸张，富于想象，不拘格律，其散文化的句法和随意的转韵相当明显，使得其七古诗铺排豪放，如《送徐长官仲元》。

> 徐夫子，能谈经，不学俗儒事章句，白首役役劳骸形。我尝洗耳听其说，寒泉漱玉声珑玲。十年茅塞一朝拔，四体自豫神安宁。交游得君已恨晚，历阳几日同醉醒。新诗百韵忽赠我，满纸落落排明星。使我目睛眩，又若遭雷霆。自愧久灭没，安足烦褒称。李翰林，杜工部，格新句老无今古。我驱弱力谩继之，发词寄兴良辛苦。几欲攀天门，击天鼓，女娲有志终难补。低头帖耳逐驽骀，倒着青衫走尘土。东风吹破江头春，绿杨红杏能笑人。狂来且尽一壶酒，世无贺老谁相亲。君今别我又远适，锦帆千丈迷空碧。飘然去意凌昆仑，自古雄豪少知识。我亦从今不复言，静看澄江浸寒璧。

全诗自然意象与人文意象叠加，比喻、夸张、借代交错使用，流转奔放、恣肆汪洋，其想象之奇特、造语之豪壮、情感之丰富、音调之流畅，颇得太白遗风。又比如《徐州黄楼歌寄苏子瞻》。

> 君不见彭门之黄楼，楼角突兀凌山丘。云生雾暗失柱础，日升月落当帘钩。黄河西来骇奔流，顷刻十丈平城头。浑涛春撞怒鲸跃，危堞仅若杯盂浮。斯民嚣嚣坐恐化鱼鳖，刺史当分天子忧。植材筑土夜运昼，神物借力非人谋。河还故道万家喜，匪公何以全吾州。公来相基叠巨石，屋成因以黄名楼。黄楼不独排河流，壮观弹压东诸侯。重檐斜飞掣惊电，密瓦莹静蟠苍虬。乘闲往往宴宾客，酒酣诗兴横霜秋。沉思汉唐视陈迹，逆节怙险终何求。谁令颈血溅砧斧，千载付与山河愁。圣

> 祖神宗仗仁义，中原一洗兵甲休。朝廷尊崇郡县肃，彭门子弟长欢游。长欢游，随五马，但看红袖舞华筵，不愿黄河到楼下。

诗中的彭门指徐州，时苏轼为太守。"堞"为城墙；"东诸侯"，指徐州东南郡县；"逆节"，指对抗皇权，违命。"五马"原为汉代太守仪制，这里指知州苏轼。宋神宗熙宁五年（1072）五月，苏轼到徐任知州，七月十七，黄河在澶渊决口，八月十七洪水围困徐州城。当时，苏轼督率军民"修城捍水，以活徐人"，后水退险解。苏轼遂建黄楼于东门，"黄楼"之"黄"取"黄土"之意，此诗即为此而作。全诗始起笔势飞腾，"山丘""云雾"等意象突飞，气魄宏大，之后写景、写人，叙事、议论、抒情等有机结合，内容千端万绪，但诗人执简御繁，纵横铺排，转合跳宕，收放自如，足以上继李白，近比苏舜钦、王令、苏轼等人。再如《江上游》。

> 我乘逸兴浮扁舟，杨花渡江飞满头。河豚初熟鲟鱼烂，借问春光须少留。人间乍听黄金鸟，物外谁怜白雪鸥。但愿沧波化为酒，青山两岸皆糟丘。人生快意天地小，登览何必须瀛洲。渔歌声断自起舞，酩酊更看江月流。

形式的外显往往与诗人情感的真挚相联系，艺术创作的成败，主要看它有没有真情实感，包括作者对自己情绪活动的描述，必须立足于真诚。郭祥正的《江上游》正是这样一首富有真情实感的佳作。诗人乘兴江上，触景生情，作为审美对象的大江、杨花、河豚、春光、糟丘、美酒等意象，激荡着诗人的心灵，唤起了诗人内心的审美感受，诗人在山色水光中获得了片刻的自由和美感，于是广大空间物象纷纷被采撷入诗，带给我们一个高昂而丰富的世界。

其他如《寄献荆州郑紫微毅夫》《金陵赏心亭》《送朱王二秀才归江西》《峨眉亭即席再送》《仲春樱桃下同许损之小饮因以赠之》《凌歊台呈同游李察推（公择）》等，皆写得豪放酣畅，意象常常超越现实，多在虚处用力，并虚中带实，章法疏密相间，纵横铺排，收放自如，具有极高的艺术魅力。

郭祥正的七古是诗人气质的凸显，虽然在数量上只有 159 首，仅占个人诗集的 11.1%，但它却代表了诗人诗作的总体成就，是诗人优秀诗体中的一个重要组成部分。

二　七律

郭祥正的七律在诗集中占有 4 卷，共 177 首，占七言诗的 27%，占全部诗歌的 12.3%。

相对于七古的想落天外、纵横铺排的写作手法，郭祥正的七律写作收敛了很多，其总体特征是语言工稳，气韵舒缓，辞采或典雅或通俗或雅俗相间，多平静旷达，已无七古的瑰丽。例如著名的《追和李白登金陵凤凰台二首》，全诗无奇辞怪语，语言质实工稳，气韵舒缓，咏史用典，浅显易解。再如《又同赏落梅二首》其二。

> 谁惜东园玉树空，且携樽酒与君同。盈盈素艳辞寒萼，泛泛余香散晓风。已许冰霜分我莹，尽饶桃杏向人红。能诗自有倪夫子，何必滁阳觅醉翁。

这首诗是诗人与朋友倪敦复共同赏梅开之后，又同赏落梅的诗作。前已有观梅诗三首，此为后作。历代咏梅的诗作甚多，但咏落梅的却不多见。郭祥正这首咏落梅的诗可谓独具慧眼，将落梅作为吟咏的对象。诗中的"倪夫子"指诗人的朋友倪敦复，"滁阳"即安徽滁州，"醉翁"即欧阳修，诗从"玉树空"入笔，表明梅花已落，颔联"盈盈素艳辞寒萼,浥浥余香散晓风"是全诗的诗脉。当盈盈素艳的花朵辞别寒萼时,仍余香浥浥,香染晓风,虽然年华老去,容颜褪尽,但情怀却依旧不改,诗人高洁的心胸由此可窥。落梅在诗人心中似比枝上的繁花(桃杏)更为可赏可叹,如此之观照,诗人真乃情致淳雅的高逸之士。全诗语言绵婉明畅,秀拔平和,语言工稳,情致高雅,实为佳作。再如《雨霁》。

> 今朝晴日照柴扉,即看轻云卷翠微。燕子有情归旧栋,柳条牵恨拂征衣。故乡书信何时到,瘴地烟岚此处稀。白酒一杯聊强饮,物情人事恐相违。

此诗写于诗人滞留漳州期间。当时诗人因性格原因忤部使者,虽然政绩颇佳,但仍被诬下吏,滞留汀、漳,在雨后天空放晴的某个日子,写下这首七律。久违的阳光已经照在柴门边,远望四周,群山在阳光下十分青翠,旧巢边燕子来回翩飞,依依柳丝,垂在客居他乡的征人衣服上。眼前景虽美,但心中烦忧,不知远方的家书何时到达,现在此地的瘴气已经很少了,百姓已经安居乐业,可滞留此处的诗人却强饮白酒以告慰乡思,物事人情涌上心头,却多不遂人愿。诗人敏感细腻的内心此时正在寻找着感情的平衡。内心是美好的,可现实的世界却是复杂且不可捉摸的。喜怒哀乐,酸甜苦辣,诗人都在细细品味。雨后的晴朗不是我们所真正关心的,我们真正关心的是诗人在这个时间段的感受、体会和经验,是流淌在诗人血液中的对命运的不屈和抗争。虽然诗人的心情并没有如雨后的青山一般,但诗中蕴藏着的生命的昂扬力量却在敲击我们的心灵。全诗语言平和自然,顺畅稳健,娓娓而诉,气韵舒缓。

再如《小阁夜眺》。

>　　白日尘寰忧思深，夜登危阁解烦襟。空江云尽月涵璧，绝壑风生松奏琴。佳客不来分坐赏，浊醪谁为此时斟。疏钟辄莫催清晓，吾欲凭栏更一吟。

登阁远眺，多为白日，可诗人此时却深夜远眺，此谓一异，亦为一疑。原来是白天人间的忧思太深且不能表述的缘故，只有在静夜无人之时登上高阁一解烦襟，由此可见诗人的孤独与寂寞。远处水面上云尽江空，月光照在江水上如同玉璧，山中绝壑生起了呼呼的风声，拍打在松枝上似在抚奏琴曲。此时此刻，静夜的孤寂和空旷越显强烈，忧思不仅不解，反而更扰心胸。佳客亦不来分赏静夜，浊酒无人对饮，稀疏的钟声正从远处传来，请不要将黎明催醒，让诗人趁着夜色凭栏再高歌一曲吧。全诗动静相谐，远近交错，视觉听觉有机结合，内涵丰富，语言平达质实，清健雅致。

其他如《次韵行中龙图游后浦六首》、《次韵答光守杨公济见寄》、《东湖》、《和君仪高明轩》、《次韵元舆雨中见怀二首》其二、《次韵彭教授送别》、《石室后游》、《追和梅侍读题贵池寺元韵》、《原武按堤》等七律的语言多工稳平实，质朴自然，辞采雅正，声韵舒缓，均有很高的艺术成就。

三　七绝

郭祥正的七绝共318首，数量等同五古，虽然仅占全部诗作的22.2%，但却占七言诗的49%。可见，诗人对七绝的重视和偏爱，同时也表明诗人对七绝的擅长。

郭祥正的七绝多以意为主，或命意得句，以韵发端，语雅情深，高古有致，如备受好评的《金陵》。

>　　洗尽青春初变晴，晓光微散淡烟横。谢家池上无多景，只

有黄鹂一两声。

如果说北宋诗人中,郭祥正不是大家,那么说他相当有才气却是绝对不容置疑的,以白描擅胜的此诗即为最好的例证。全诗以金陵半山为背景,写它的萧然静幽之态,将春末雨后的远眺刻画得如同展现在读者面前的水墨画。前两句是视觉,末句是听觉,第三句为怀古抒怀,点出世事沧桑,再以黄鹂收诗,以有声胜无声,历史的垂成,凭吊的感喟,都熔铸在一两声的黄鹂鸣叫中,含蓄蕴藉,余味不尽。

胡仔《苕溪渔隐丛话》前集卷三十七引《遁斋闲览》云:"功甫曾题人山居一题云:'谢家庄上无多景,只有黄鹂三两声'。荆公命工绘为图,自题其上云:'此是功甫《题山居诗》处'。即遣人以金酒钟并图遗之。"金性尧先生据之言曰:"然则所谓'无多景',正大可入画。谢安曾居金陵半山,王安石晚年罢官后亦居其地,郭诗这两句所以为安石特别欣赏,这或许是一个原因。"程杰先生也曾对《苕溪渔隐丛话》的引文发表了自己的见解:"如这一记载不假,则此诗题目当改,'谢家池'属借代,或所题山居本就称'谢家庄'。"

诗人的《月下怀广胜华师》也是一首清健疏秀、明白爽净的好诗。

> 下方遥忆上方僧,素月青林隔几层。钟磬声沉香篆熄,只应诗思冷如冰。

此诗的写作背景不详,关于广胜华师亦无相关记载。但这些并不妨碍一首好诗所放射出的光彩。严格讲,这应是首佛禅诗,顾名思义,就是禅与诗的结合。禅与诗,一为哲学一为文学,两者又有

"意在言外"的共同特色，所以自号"净空居士"的郭祥正将二者结合，顺理成章。诗中的"上方""下方"既是指空间的概念，也是世俗与居尘的分别。身居下方的诗人，在怀念身居上方的广胜华师，两人在空间上相距遥远，不易见面。在寂静皎洁的月光下，诗人独坐，听着钟磬声渐渐沉寂，案上的香篆也已经熄灭，一切澄静，不由想起远方华师的如冰诗思应该尚在涌动，当有佳句流出。本诗清冷雅洁，辞采高古雅致。

再如《辨山亭二首》其一。

叠径萦迂上小亭，云收天末数青峰。不嫌一鸟横空没，直恐纤埃点画屏。

全诗明快自然，情韵优美，境界清新，沿曲径，上小亭，看青峰，既看到"云收天末"，也看到"一鸟横空"，转瞬消失，据此，诗人兴到神会的片刻情思，刹那间涌出"直恐纤埃"，破了眼前如"画屏"一般的美景。四句一气流贯而潇洒清俊。再如《峡石道中口占》。

淮日晖晖浴暖沙，小桥斜巷两三家。不知春色来多少，是处墙头见杏花。

此诗写于绍圣元年（1094），是年诗人60岁，已在家隐居五年，年前冬天诗人离家交游于寿州，今春南归，于道中所作。"口占"指随口吟咏，"淮"指江淮大地，"是处"为到处。春色到底来了多少，谁知道呢？只有墙头的杏花在宣告着春天的来临。全诗语言简洁明快，无尽的情思被传递得既自然又含蓄。类似优美的诗作尚有很多，下面简拾几例与方家共赏。

渔船归尽晚江空，只有杨花冒细风。多少春愁与春恨，为君都付酒杯中。

——《次韵和孔周翰侍郎洪州绝句十首》其二

行行杨柳古墙阴，摆尽春风绿转深。俯仰自能无一事，何须投迹向山林。

——《次韵和孔周翰侍郎洪州绝句十首》其五

从来生计托鱼虾，卖得青钱付酒家。一醉不知波浪险，却垂长钓入芦花。

——《渔者》

长忆金陵数往还，诵公佳句伴公闲。如今不复闻公语，独自西轩卧看山。①

——《西轩看山怀荆公》

月洗晴江秋愈清，扁舟西渡历阳城。渔翁赘见无羔雁，满袖盈襟皆月明。

——《代刺访历阳孙守公素》

其他尚有《次韵元舆七绝》、《静明轩》、《望庐山二首》、《入承天观》、《安止同登王园葆光阁二首》、《访隐者》、《谢陈昌国惠酒二首》、《永安再见裴材山人二首》其二等七绝诗作，常常呈现出清晰明朗而又雅洁高古的情调，这些诗歌也从一个侧面反映出郭

---

① 诗人自注："公见寄云：且欲相要卧看山。"

祥正豪迈孤傲的高洁人格。

第三节 歌行体

歌行体是古代诗体的一种，歌为总名，铺张本事而歌称，汉人或称歌或称行，唐人因之，亦通称歌行。经过盛唐歌行体创作这一旺盛期后，歌行体发展到了比较自由的阶段，除追求汉魏风骨，摈弃律句或间杂律句外，歌行体多向古诗散句方向发展。由于在句数、每句的字数、格律以及篇幅的短长等方面没有限制，这一相对自由的诗体在盛唐以后，不仅继续发展，而且风格也愈来愈多样。比如宋代的歌行多发议论，明末清初出现"梅村体"，清末出现"诗界革命"等，这些都说明这一诗体的生命活力。

作为歌行体诗歌链条上的北宋诗人郭祥正，歌行体诗在其诗集中以单卷（第二卷）独列，加上孔凡礼先生辑佚5首，共37首，占其全部诗歌的2.6%，虽百分比相对很小，但其豪迈纵横的笔墨、铺排凌厉的气势，使得此体诗歌成了诗人诗歌风格的典型代表。最具代表性的是《金山行》。

金山杳在沧溟中，雪崖冰柱浮仙宫。乾坤扶持自今古，日月仿佛朣西东。我泛灵槎出尘世，搜索异境窥神功。一朝登临重叹息，四时想象何其雄。卷帘夜阁挂北斗，大鲸驾浪吹长空。舟摧岸断岂足数，往往霹雳捶蛟龙。寒蟾八月荡瑶海，秋光上下磨青铜。鸟飞不尽暮天碧，渔歌忽断芦花风。蓬莱久闻未成往，壮观绝致遥应同。潮生潮落夜还晓，物与数会谁能穷。百年形影浪自苦，便欲此地安微躬。白云南来入我望，又起归兴随征鸿。

此诗写作时间不详。金山，江苏名胜，在润州（今江苏镇江）城西北，长江南岸，原名氐父山，又名金鳌岭，亦称浮云山、浮玉山，原在长江中，后因江砂土砾淤积，在清末与长江南岸相连。唐时有裴姓头陀于江边捡得黄金数镒，后人遂因之改金山。

全诗头四句正面落笔，开门见山，先摄一下远景，叫醒题义。诗的基调便由"沧溟""雪崖""乾坤""浮""扶持"等雄豪意象以及生动的动词所牢笼，接下来诗人用如椽大笔极尽铺排之能事，辞采跳宕，气势奔腾，将金山的古往今来，春夏秋冬，天上人间尽情泼洒，加上丰富瑰丽的想象、夸张、比喻、拟人等多样的修辞手法，把金山描绘得或惊心动魄，或光怪陆离，或静穆淡远，或绚丽瑰奇。最后诗人回到现实，以思归人间作结，格调高昂。程杰先生评云："想象奇殊，气势雄壮近于李白，而结构上，又注意承转呼应，体现了'以文为诗'的部分特征，在韩李之间。其语势平易婉畅又与欧诗不远。"《苕溪渔隐丛话》前集卷三十七"郭功甫"条云："功甫《金山行》造语豪壮。"又如《东林行》。

龙蟠大地藏山腹，瑞气蒙笼紫金屋。香炉万丈擎碧霄，二涧斜飞落寒玉。晋朝遗事唐人辞，皴斫龟螭尚堪读。楼烦真人应梦来，夜斧丁丁神伐木。安帝亲留步辇迎，灵运开池素华馥。会随流转不成尘，灯焰明明自相续。游人未达此理玄，安得清凉灭贪欲。我今弃官脱尘网，僧宝瞻依无不足。跨黄牛，骑白鹿，时时自唱无生曲。无生曲，君试听，五音六律和不得，为君写作东林行。

东林在今江西庐山，晋江州刺史桓伊为释僧慧远所建。时有释僧慧永，已先居西林，此在其东，故名东林。南朝宋谢灵运在寺中翻译《涅槃经》时,凿为池台,并植白莲于池中,之后此处成为历代文人骚客吟咏凭吊的胜地,同时也成为继陶渊明的"桃花源"之后文人们心中的第二个"桃花源"。郭祥正性格孤傲,仕途坎坷,此诗即为诗人借东林胜迹来吟诉寄托的心曲。诗人弃官隐逸的无奈在字里行间隐约浮闪。全诗整体上意象奇特,想象丰富。语言上纵横铺排,气象开阔,结构上虚实相间,转合自如,且巧于修辞,既有韩愈的余韵,又有李白的遗风。再如《松门阻风望庐山有怀李白》。

> 北风阻船泊湖滨,北望庐阜青无痕。晴云自舒仍自卷,白龙欲眠犹宛转。秋空漠漠秋气浅,碧天蘸水如刀剪。篙师畏浪不敢行,却忆李白骑长鲸。倒回玉鞭击鲸尾,锦袍溅雪洪涛里。霓光溢目精神闲,终日高歌去复还。飞流直下三千尺,风吹银汉落人间。天送醇醪倾北斗,群仙吹箫龙凤吼。李白一饮还一醉,醉来岂知生死累。倏然却返玉皇家,不骑鲸鱼驾鸾车。留连自摘蟠桃花,嚼花吐津染朝霞。不信如今三百载,顽鲸骇浪空相待。

本诗写作时间亦不详。诗人北上遇风阻船,只得停泊松门湖滨,放眼眺望庐山,思绪万千,由风卷波浪联想到手执玉鞭、驾驭长鲸、乘风破浪的诗仙李白,以及吹箫的众仙与吼嘶的龙凤,可是,现实中的诗人却被困于松门,无法像李白那样亲骑长鲸,凌仙境,摘蟠桃,留连玉皇之家。三百年过去了,顽鲸、骇浪似乎在期待着下一个李白的到来。全诗纵横开阔,转接跌宕,气势凌厉,雄健飞动,有铺叙有开阖,有机势有风度,既有杜诗的铿锵,又有李白七古歌行之势,如江海之波,一波未平,一波复起。

其他如《谷帘水行》《庐山三峡石桥行》《将归行》《姑孰堂歌

赠朱太守》《留题西林寺揽秀亭》《九华山行》等,首首皆佳,篇篇英光浩气。诗人不作无病之呻吟,也不把创作当成游戏的主体,他在感觉到外界的刺激时,用不着提醒自己"自我表现",而其所表达的外界物理,却"自有我在",雄健文采多溢于笔墨之外,豪迈纵横,凌厉气韵充斥于篇幅之中,酣畅飞动,这正是郭祥正歌行体诗歌独特的艺术魅力。

第四章

"胸中策画烂星斗，笔写纸上虬龙奔"[①]

——郭祥正诗歌意象分析

  诗歌是由语言组成的，语言的组织与确立直接或间接地体现着诗人诗作的风格。《文心雕龙·原道》："心生而言立。"从诗词创作上说，只有"心生"才能"言立"，但从鉴赏研究的角度上说，我们却要从诗人之"言"——诗歌本体，来看诗人的"心画心声"。只有透过诗歌语言形象体系，才能追寻诗人情感的曲线，把握诗歌中审美主体感情波澜的起伏萦回，特别是要找到诗人最关切的东西是什么，他主要通过什么来表达。而诗歌中的"意象"，正是以语词为载体的诗歌的基本符号，它是一首诗中最外显、最直接的表情达意的元素，它是诗人内在情绪或情感与外部世界相互碰撞、相互融化的复合物。而诗人对于意象的选择与过滤以及联结建构，直接体现着诗人的"心画心声"。如李白笔下的大鹏，李商隐笔下的锦瑟，龚自珍诗中的一箫一剑等，它们富含着诗人所寄寓的心志，所崇尚的人事，以及诗人的政治主张、思想倾向，甚至寸心的钟情，它们是诗人想象的凝固，心灵世界的符号。我们研究诗人诗作，就必须深入这一奥区，在追寻诗人诗作中的种种意象的同

[①] 《郭祥正诗集·送沈司理赴阙改官》。

时，谛听他们在特定时空内的呼吸与感情告白，并挖掘诗歌的时代精神与总体风貌。

郭祥正诗歌意象繁杂，内涵丰富，笔者在对郭诗的意象进行统计、分析时发现其诗作中的一些人文意象（如酒、笔、琴、茶等）、自然意象（如梅、鲸等）、历史典籍意象（如甘棠、濯足、击壤等）值得关注，有进一步分析研究的需要，下面依次讨论之。

第一节 "天地立心，三才成道"
——郭诗人文意象

这里的人文意象，是指诗人创作中，较多地运用来自人文日常生活或自然物什中被赋予了人文色彩的部分意象，比如笔、墨、纸、砚、酒、茶、琴、棋等。这些意象在郭诗中出现的情况如表4-1所示①。

表4-1 《郭祥正集》前三十卷中关于人文意象约数据统计

单位：次

意象	酒	笔	茶	琴	墨	砚	棋
次数	333	80	45	41	29	9	4

在人文意象中，"酒"占绝对多数，有333次，可见"酒"在诗人生活中的重要地位，然后是"笔"和"茶"，分别为80和45次之多，紧随其后的是"琴"，而"墨""砚""棋"则相对较少。这些意象中，除"笔"的意象较特殊外（具体分析见下文），"酒""茶""琴"是诗人交游酬唱、隐逸闲居生活中的主要物什。下面

---

① 本表统计仅孔凡礼校《郭祥正集》前三十卷，尚不含辑佚三卷。棋包括弈等相关的意象，茶包括茗等相关意象。

分述之。

从表4-1可以看出，"酒"这一意象在郭诗中出现次数最多。仅诗题中有酒或与酒相关的就有56首之多，如《端州逢故人刘昕光道致酒鹄奔亭作》《谢魏户曹惠酒》《月下独酌二首》《劝酒二首呈袁世弼》《元舆携酒见过三首》等。可见郭祥正与酒"形影不离"，"酒"被融进了生活，融入了诗歌。在交游酬唱时，酒是诗人与宾朋之间传情达意的最好手段，在隐逸闲居时，饮酒又成为诗人排忧解愁的最佳方式。诗人在他的诗篇中挥洒出了极富个性特征的"诗酒风流"。

诗人交游时，诗增酒趣，酒扬诗魂，有酒就有诗，有诗也多有酒："为君高吟岂知倦，十分美酒谁相陪。"（《寄题蕲州涵辉阁呈太守章子平集贤》）既要高吟，还要美酒："携手出烟雾，致酒清江台。"（《清江台致酒赠范希远龙图》）"贤哉光禄余太守，昨引佳宾列樽酒。朝饮三百杯，暮吟三百首。"（《宣州双溪阁夜宴呈太守余光禄》）"朝吟吟有余，暮醉醉不足。"（《双泉轩赠太平守梁正叔》）"暂当陪我醉，余事不足言。"（《徐子美杨君倚李元翰小酌言旧》）"世人虽饮酒，只知酒味不知酒意胡为乎。"（《赠张御史公遗》）酒是诗人与宾朋之间欢聚时的首选，"得酒亦可喜"（《七月八日要阁公达承议晚酌二首》其二）。友朋欢聚就已经满足，有酒当然更好。"尔为我满斟，我为尔高吟"（《仲春樱桃下同许损之小饮因以赠之》），酒激发出了诗人的创作灵感，同时诗也增添了酒宴的欢乐和神韵，在觥筹交错中，诗人笔下的诗歌表现出的豪纵畅饮的英风豪气是何等酣畅。

闲居遣怀时，酒又成了诗人生活中的消费必需品，甚至用来排忧遣愁。"何以介眉寿，瓮中酒新熟"（《田家四时》），"盎盎酒杯绿，披披花萼笑"（《感春二首》其二），有了醇美的酒，才会有佳妙的诗；"竹筒盛酒骑白牛，醉眠看天与天语"（《怀青山草堂》）

酒情热烈，诗情豪迈，想象奇特，是为诗人的佯狂与潇洒。"忘形付诗酒，吾道委乾坤"（《幽居》），酒成诗，诗助酒，诗酒相伴，可为双美，这是诗人诗酒生活的写照。在其"酒诗"中，值得注意的是诗人幽居时效李白的《春日独酌十首》，竟一写亦是十首。

其一

桃花不解饮，向我如情亲。迎风更低昂，狂杀对酒人。桃无十日花，人无百岁身。竟须醒复醉，不负花上春。

其八

不羞双鬓雪，折花向林间。念此光景速，未能身世闲。满酌金熨斗，遥望谢公山。迹欲扁舟渡，心先高鸟还。今朝不酩酊，何以破愁颜。

虽然是诗效李白，但诗人把酒赏春的心是炙热的。有春就有春风，就有桃花，美好春光岂能无酒？有酒就要醉，因为"狂杀对酒人"，因为"人无百岁身"，于是诗人"竟须醒复醉，不负花上春"，真是坦诚，真是执着。由酒到花，又由花到酒，因酒起兴，借花发端，生命的短促总是无可奈何……当诗人将目光投向园外，看到春色里的绿林、谢公山、扁舟渡口，再次"不羞双鬓雪"，于林间折花，但还要将酒器"金熨斗"斟满，放飞心情，从现实到想象再到现实，如同高鸟知返，重重心事，怎不释怀？"今朝不酩酊，何以破愁颜"，这是最好的安慰，最好的解答。又如其二中的"且致百斛酒，醉倒落花畔"，其三中的"平生最嗜酒"，其十中的"浊酒注我肠，免使新愁入"，等等，饮酒为诗人春日赏花观景读心时的最好方式。其他尚如《自释二首》等，这些诗全是诗人独处闲居时的依酒遣怀。

想来郭祥正好饮、擅饮、豪饮的酒风，也颇似孔融、李白，以酒交游，用酒浇愁，借酒述怀，全用"酒"后的诗文传达，如果说李白的诗是酒"醉"出来的，那么，郭祥正的诗歌则是由"酒"给薰出来的。酒，使诗人思维活跃，产生强烈的诗情；酒，激起了诗人高昂的信念、坦荡的胸襟、强劲的激情、浪漫的情趣。诗人就凭借这汩汩喷涌的英雄豪气，直抒胸臆，挥洒出浪漫奇特的诗篇。当一个个"酒"的意象糅入诗中之时，诗歌也就借助酒力荡气回肠，慷慨纵横。①

"笔"在郭祥正诗中的意象比"酒"要少一些，但情况却比较复杂，诗人笔下的"笔"，除作为书写工具之意象外，很多具有文笔或文章语言风格等方面的含义。"笔"的意象多出现在诗人交游类题材诗作中，且大多是对宾朋的溢美之词。"椽笔""巨笔""健笔""大笔""劲笔"等意象的不断使用，使得诗句在气势上恢宏夺人。作为书写工具的这类意象，这里不做讨论，本文只讨论"笔"意象的引申义，即笔作为"文笔或文章语言风格"等方面含义时的意象，这部分的具体情况如表4-2。

表4-2 《郭祥正集》前三十卷中关于"笔"的引申意象的使用统计

笔	次数	例句	诗题	页码
椽笔	8	请公椽笔赋大篇，歌颂永平诛僭拟	《石屏台致酒呈蒋帅待制》	第164页
巨笔	5	欲邀君去咏此景，愿窥巨笔追扬班	《谢刘察推莘老丞相》	第190页
吟笔	4	投嗟予吟笔已阁，辨舌倒卷刚肠柔	《谢余干陆宰惠李廷圭墨》	第202页
妙笔	3	空将妙笔劝樽酒，醉觉人间万事非	《明皇十眉图》	第242页

---

① 此处参考了葛景春《诗酒风流》。

续表

笔	次数	例句	诗题	页码
大笔	2	酿成玉液宴宾从，手提大笔降风骚	《姑孰堂歌赠朱太守》	第 25 页
老笔	2	庙门欲出尚回首，正似老笔图霜缣	《祁南岳喜雨呈李倅元吉》	第 174 页

注：表中统计的次数以《郭祥正集》前三十卷为据，尚不包括孔凡礼先生辑佚的三卷。

除以上 6 种"笔"的意象外，郭的诗集中尚有"劲笔""醉笔""史笔""逸笔""朽笔""健笔""绝笔""直笔""赋笔""神笔""鸿笔"等相关意象。如：

赋笔惊场屋，高才叹陆沈。

——《送陈辑都曹致仕还乡》

骑马藏民间，教兵授神笔。

——《漳南书事》

诸公握鸿笔，铲薛挥戈矛。

——《独游药洲怀颖叔修撰》

史笔采循吏，非君复谁书。

——《送钱节七承议还台》

兼职在国史，直笔信不疑。

——《同蔡持正长官观齐景茜虞部家藏远
祖成公监修国史诰》

逸笔写秋色，烟岚吹素屏。
——《送宝觉大师怀义还湖南》

二李之劲笔（邕绅），皆一时之遗材。
——《石室游》

粉图屏风画未竟，隐隐朽笔方森罗。
——《德化默亭观雪呈郑令》

巴笺血色洒醉笔，五字七字排玑珠。
——《宣诏厅歌赠朱太守》

从上面的选诗可以看出，诗人在选用何种意象表达的时候，是经过考虑的。如在《同蔡持正长官观齐景茜虞部家藏远祖成公监修国史诰》诗中用"直笔"来写成公监修国史诰，就十分恰当，我国传统写史，就要秉笔直书。诗人在《宣诏厅歌赠朱太守》中用"醉笔"来形容朱太守与众宾朋酣饮之后醉笔挥毫的洒脱形象。再如《送宝觉大师怀义还湖南》中的"逸笔"，用在云游四海的宝觉大师怀义身上就很恰当。《送陈辑都曹致仕还乡》中用"赋笔"来描绘致仕还乡陈辑都曹当年科举场上的洋洋洒洒、万言鸿文的高才形象。其他"神笔""劲笔""史笔"等意象，在诗人纵横变化的笔下合情合理，熨帖传神。

豪笔打造美的形象。不管是"椽笔""赋笔""劲笔"，还是"巨笔""神笔"，这些意象的选用都表现出诗人辞海驰骋的任情恣意、奔放凌厉，具有纵横变化的灵动感和浓郁的书卷气。诸多的"笔"意象，不囿于成法，雅逸相间，格调醇厚，语言神采飞扬。在传统文化的熏陶下，作为北宋大儒的郭祥正虽然深怀忠君之心、爱民之情、安国治邦之大志，但却摆不脱激烈的党争、世俗的羁绊和小人的算计，他只能把生活中的感怀尽数嵌入笔下诗中，留下满腔豪气和对生活的彻悟，催生出一首首意象繁富、豪迈纵横的诗篇。

"琴"意象与诗在我国文人笔下早已结下了不解之缘。在螺钿嵌入、琴弦张开之时，在十指的抚弄下，宫商角徵羽错落成庄生的蝴蝶与望帝的杜鹃，相如的爱情与莺莺的相思，南陈的风花雪月与嵇康的刑场悲歌。在江南的烟柳与塞外的落日中，琴与诗演绎出无数的动人故事。在李白与蜀琴师的"为人一挥手，如听万壑松"，王维的"松风解罗带，山月照弹琴"等的传世佳句里，"琴"之意象都是高雅温厚、超凡脱俗的象征。在郭祥正生活的时代，通晓音律的人不少，如柳永、秦观、苏轼以及后来的周邦彦、姜夔、陆游等，他们都能自度曲，有的还擅长演奏，他们的生活充满了艺术情趣。郭祥正也是如此。除已有"笙""竽""瑟""箫""琵琶""笛""鼓"等乐器意象出现在其诗歌之中外，诗人建构最为灵活多样的意象当数"琴"的使用。这些"琴"意象既表达了诗人与宾朋的知音相赏，也传递出诗人的崇古尚雅的情致，这一意象成为诗人标榜自身人文修养的重要内容。

《郭祥正集》前三十卷中有关"琴"意象使用情况如表4-3所示。

表4-3 《郭祥正集》前三十卷中有关"琴"意象使用情况

琴	次数	例句	诗题	页码
玉琴	6	玉琴虚别操，藤榻恐流尘	《要客》	第276页
横琴	4	试拂横琴奏流水，指下忽作商声悲	《留题西林寺揽秀亭》	第32页
瑶琴	3	瑶琴谁为弹，倚声奏吾诗	《严氏西斋》	第53页

续表

琴	次数	例句	诗题	页码
无弦琴	2	一奏无弦琴,妙曲寄元响	《读陶渊明传二首》其一	第91页
素琴	2	稍悟渊明乐,时时抚素琴	《西斋二首》其二	第274页
玉轸琴	1	或弹玉轸琴,倾耳濯纤埃清风	《题化城寺新公清风亭用李白原韵》	第153页
靖节琴	1	浮杯可酌刘伶酒,坐石仍弹靖节琴	《次韵元舆题王祖圣南涧楼清斯亭二首》其一	第351页

注：表中统计次数的依据尚不包括孔凡礼先生辑佚的三卷。

表4-3中"靖节琴"其实也是"无弦琴"，但称谓不同，留给了读者更大的想象空间。琴是调剂诗人日常生活的工具之一，"日没草堂阴，收书复挂琴"（《夜兴》），天晚之时，诗人挂琴收书，结束白天的生活。"三叠琴心调夜月，一杯茗酌送春风"（《赠历溪张居士》），月上东山之时，诗人不是东西串门聊天取乐，而是泡上一杯香茶，坐在院中弹上三叠琴曲以养心性，这种逍遥自适的生活实在是惬意。每到夏季来临，诗人更是"永日琴为伴，前村酒可酤。松阴拣磐石，赤脚踏冰壶"，赤着双脚，踩着皎洁的月光，在松阴下拣一磐青石，酌上几口前村打来的好酒，弹上几支琴曲，真是惬意。人弹琴，琴应人，恬淡自然，空寂静穆，诗人这种隐居闲散的形象如浮眼前，宁静、闲适、畅达的逍遥生活，给人的感觉是高风亮节，骨重神寒。虽不能成仙，但却在诗、酒、琴的调剂中得到现世的快乐。

众多"琴"意象的出现，表明诗人所要表达的不仅仅是琴曲旋律的高低有致、节奏的动静相间等这些形式美，诗人所着意要表露的是由感官的愉悦所体味出的生灵万物的内在意蕴。正如李贽在《琴赋》中所云："琴者，心也；琴者，吟也；所以吟其心也。"人品决定艺品,艺品反映人品。郭祥正笔下的"琴"意象,反映出的是以形传神而重神韵、以物写心而重人格重意境的深层含义,这成为郭祥正诗歌自成机杼、自成风骨的魅力所在。①

我国自唐宋以来茶风大盛,许多文人雅士都以尚茶为荣,诸如唐代的李白、杜甫、颜真卿、白居易、卢仝、释皎然等,宋代的范仲淹、苏东坡、陆游等,以及明代的唐伯虎等,既是文坛名流,也是品茶高手。他们通过品茶感受饮茶的情趣,陶冶性情,同时运用审美的目光,以茶为内容,对茶之美进行欣赏、品评、联想,从而进入茶的美的境界中去,进而诱发灵感,吟诗作赋,留下了不少名词佳句。生活在这一文化背景下,饮茶品茗也就成了诗人生活中一大主题。诗人或独坐或静居,茶就成了酒食以外的闲雅饮品,如"灵茶香味胜粉乳,满箧所赠遇琼琚"(《前云居行寄元禅师》),茶给诗人清思助兴,诗人也将茶之清醇传神地描绘了出来。"书帙看慵卷,茶瓯不厌擎"(《即事》),在卷帙满案的书桌旁,手边岂能无茶,有茶就有清香,也就有雅兴。诗人在表现其色、香、味的同时,也传递出因"茶"而生的那种悠闲与优雅。

茶也是诗人与文人士大夫之间用作雅会往来的高雅物什,"茗酌诵佛经,尘缘顿沉抛"(《和公择游寿圣院啜茶题名》)。据刘学忠《茶与诗——文人生活对艺术的渗透》考证:"禅寺,是茶艺发展的中心,是文人茶文化的发祥地,中唐时文人饮茶风尚的形成,即是从山林禅寺开始的(茶圣陆羽即是寺院出身)。其时文人的茗事活动多与寺院及僧人相关。"风俗延及北宋,诗人寺院饮茶品茗,实为风尚,宁静率远、绝尘超俗的清新跃然纸上。"分送泉州太守茶,团团紫饼社前芽。从今不复忧烦渴,时取甘泉煮雪花"(《君仪惠玳瑁冠犀簪并分泉守茶六饼二首》),"点处成云蕊,看时变雪

---

① 此处参考了田玉琪《徘徊于七宝楼台——吴文英词研究》,中华书局,2004。

花"（《谢君仪寄新茶二首》），通过品评茶，来表现诗人对茶事的品鉴与欣赏。"明年茶熟君应去，愁对苍崖咏佳句"（《卧龙山泉上茗酌呈太守陈元舆》），"会合嗟无酒，留连漫索茶"（《竹子滩逢广漕张公谔二首》其二），品茶成了精神的调解剂，而生活中的清致高雅，完全由"客心聊为洗，石鼎煮新茶"（《同崔员外访陈安国隐居》）所体现。又如《携茶访徐彦醇助教》。

蓬茟萧然一亩宫，生涯四壁有清风。乡间高行终无玷，场屋遗才误至公。书卷五车心尽记，年华八十耳犹聪。满林雪液聊分酌，别后音尘岂易通。

诗人带着礼品——茶，去拜访朋友徐彦醇助教，看到朋友家徒四壁，心里很不舒服，但又想到朋友满腹诗书，应该会很有前途，诗人念及别后不容易再会面，于是"满林雪液聊分酌"，还是分享眼前满盏像雪液般的香茶吧。

诗人汀州为官，与汀守陈元舆交好相谐，诗酒往来频繁，这次，当名扬天下的福建建溪新茶被人送来后，诗人以《元舆试北苑新茗》记录如下。

建溪虽接壤，春末始尝茶。旋汲邻僧水，同烹北苑芽。月圆龙隐鬣，云散乳成花。贡入明光殿，分来王谢家。

虽然建溪与汀州接壤，可直到春末才品到新茶，但诗人不以为意，立即从临寺的僧人处汲来好水，着手烹茶。"月圆龙隐鬣，云散乳成花"，看到盏中的香茶如圆月下猎猎的游龙若隐若现，像花儿一样的琼乳如云朵般飘散，真是茶中上品，于是诗人感叹："贡入明光殿，分来王谢家。"这样的好茶只能上贡到皇帝那里，或者也只能被像当年王导、谢安那样的贵族世家享用。看来虽然直到春末才享用得到，诗人却仍然十分高兴。后来诗人又有《城东延福禅院避暑五首》其三："急手轻调北苑茶，未收云雾乳成花。灵襟习习清风起，归梦遥知不到家。"仍然是烹调建溪的北苑香茶，世人再次被茶的清醇所折服，胸前似习习的清风，恍恍惚惚不知家在何处，宛如在梦中。视觉、嗅觉、感觉全被调动开来，茶是好茶，诗是好诗。

从上可以看出，郭祥正笔下的"茶"意象与"酒"意象在其诗中所体现出来的风格截然不同，但凡有"酒"意象出现的诗句，大多豪迈纵横，而有"茶"意象出现的诗句却清醇淡雅，格调清新而韵味悠长。

如果说唐人尚武，宋贤崇文，那么，郭祥正诗歌中的大量的笔、酒、琴、茶等意象固然表现的是诗人亲近琴棋书画的文人意趣，但更重要的是"以象写意"，作品运用传统的表现文人生活的意象来隐喻诗人心中的圣地，以抒写诗人的志向。同时，这些人文意象的大量存在，也表明了诗人注重个性与力求创新的审美意识，是北宋中期避俗求雅的时代风气影响下的反映与表现，它体现着郭祥正生活的那个时代的人格理想与精神境界。

再进一步讲，郭祥正诗歌中人文意象的大量出现，一方面表现了诗人的文化素养与生活宽度，另一方面也体现了北宋中期士人的审美情趣。嘉祐、熙宁、元丰、元祐年间，社会经济稳定繁荣，文化高涨，读书人多嗜书不辍，寒窗苦读，加上印刷术的革新，他们比较容易读到古籍文本，王禹偁、范仲淹、欧阳修、王安石以及郭祥正的父亲郭维，全都有勤奋苦学的经历，郭祥正《青山集》云："我先君金紫，当祥符间为进士，结友习课于南峰者久之。"其父如此，本人想来应不差多少。多读书读好书，必然凝聚着丰厚的文化积累，必然熏陶出高雅的审美情趣。"作家诗文创作中的集大成有赖于学问，而当时人们所说的学问包括读书穷理和心性修养两个方面内容。重学问首先是强调多读书"，在这样深广的社会文化心理背景下，郭祥正诗歌中的丰富的文化意象，既反映了那个时代普遍的审美风尚，也体现了郭祥正个人追求的崇古尚雅的美学意识。

第二节 "造化神秀，驰骋笔端"
——郭诗自然意象

与唐诗意象形神兼备的特点相区别，郭祥正诗歌中的自然意象多遗貌取神，重视其象征意义，他将特定的自然意象转化成个人性情志趣的外化与体现。郭祥正诗歌中，这种具有浓厚人文色彩的象征性自然意象主要有：松（柏）、竹、梅、芦花、菖蒲、雪、风、月、鲸、犊、龙等。具体情况见表4-4。

表4-4 郭祥正诗歌中象征性自然意象使用情况

意象	风	月	松	雪	草	竹	梅	鲸	莲	龙	菊	芦花	菖蒲	狐	蹇驴
次数	477	402	164	154	129	82	78	41	41	37	29	13	9	7	6

注：①表中统计的次数以《郭祥正集》前三十卷为据，尚不包括孔凡礼先生辑佚的三卷。②表中的"月"意象尚不包括人文化的寒蟾、冰壶等。③表中的"松"意象包括"柏"及其相关。

风、月、雪、菊、草等意象因我国文化传承的关系，它们的含义或象征意义基本不变，而郭祥正诗歌中的这部分意象的意义也无改变，故它们不被本文所讨论，这里主要讨论的是诗歌中的"松""竹""梅""鲸"等具有诗人写作个性的且被人文化的具有某些象征含义的意象。

松（柏）多以刚健正直的姿态盘立于涧底或悬崖，耸立云天。自孔子《论语·子罕》"子曰：'岁寒，然后知松柏之后凋也'"

始,松柏意象便贯穿于儒家的传统人文精神中。在松柏身上,郭祥正寄托了他自己或友人的理想和人格追求,"蔼蔼松柏友,雍雍鸾凤吟"(《奉同安中尚书用李白留别王嵩韵送毛王仲大夫移浙漕》),"老松自作孤凤吟,骇浪时翻三井水"(《舒州使宅天柱阁呈朱光禄》),"挺特千松霜后见,孤高一笛陇头闻"(《奉和蔡希蘧鹄奔亭留别》),"故物无余只五泉,亦有松风伴潇洒"(《题横山陶弘景书堂寺》),歌颂松柏正是他刚强正直人格精神的体现。又如《留别陈元舆待制用李白赠友人韵》。

沉吟涧底松,不及尧阶草。不经君王顾,枉被风霜老。弱羽恋一枝,敢思浴天池。闻君有余力,何惜一嘘吹。青云与黄壤,回首隔追随。

此诗写于诗人为官汀州期间,陈元舆即陈轩,为当时汀守,祥正为副,两人常常酬唱吟咏,十分交好,此为诗人与陈轩分别时的留别诗。"涧底松"不及"尧阶草"是因为诗人远官福建,不在朝中,与天子不得见面,于是感叹"不经君王顾,枉被风霜老"。诗人又如同"弱羽",现在陈守手下为官,只好期盼陈守有机会能"何惜一嘘吹"。最后诗人表达的是对陈守的追慕之情。"涧底松"正是诗人自身体现,挣扎在官场的底层,却光明磊落,骨气劲直,所以一直得不到升迁,诗人无奈,只好将希望寄托在好友身上。又如《雨怀安止三首》其三。

雨隔陈夫子,僧坊懒独游。闭门谁复过,欲语已含愁。病翼深防弹,惊鳞远避钩。交情君勿替,松柏挺霜秋。

安止即陈安止,是诗人在汀、漳为官期间的当地好友。诗中以"交情君勿替，松柏挺霜秋"来比喻两人的友谊如秋霜下的松柏一样，不会改变，也没有什么可以替代的，"松柏"意象给人以坚贞劲直之感。又如《松风》"夜寂松风度，魂清客枕寒。琴声传不尽，诗句写应难。骤雨倾瑶砌，真珠落玉盘。隐居如可访，吾欲跨翔鸾"写客居他乡的诗人在松声阵阵的夜晚，情志难遣。《松枥》"婆娑松与枥，夹径碧蒙蒙。未辨雪霜操，同沾雨露功。低枝翻翠盖，垂叶密樊笼"写自己就如同"松枥"一样，志向高远，坚贞劲直，希望"他日为梁柱，抡材合至公"。再如《逍遥园并序》："逍遥有水一溪，有竹三亩，兰芬菊芳，松老石瘦。"这里以"松老"意象来表达自己的高洁情怀。其他如《中秋泛月至历阳访太守孙公素》、《洛中王秀才谈刘伯寿动静慕其潇洒作诗识之》、《赠桐城青山隐者裴材》、《李伯华见过小饮二首》其二、《琅琊行》、《闻宣州王左丞被召还阙拟送》、《谒桐乡张府君庙》、《将游五峰度夏代别倪倅敦复》、《通惠寺小柏》等诗中的"松"意象均很鲜明。

　　如果说"松"意象表达的是诗人坚贞劲直的精神，那么"竹"意象传递的则是刚拔和隐逸精神。翠色青青，冲雪犯霜的竹，正象征着气节和正直。"竹"的意象代表着中国仕士文人的传统精神，它高、直、节的个性，正是远大的志向、不移的气骨、刚毅的性格的精神内涵。梁代刘孝标的咏竹诗云："竹生空野外，梢云耸百寻。无人赏高节，徒自抱负心。"郭祥正笔下的"竹"，其避俗脱尘的个性、簌簌疏疏的声影而与诗人不俗的审美意趣相符合。郭祥正为人坚直孤傲，"竹"正是诗人个性的化身，故而其诗中"竹"的意象高雅超俗。如《种竹二首》其二："龙角犀尖一夜长，为怜刚节不须香。他时截作鲸鳌钓，岂止浓阴覆女墙。"这里"竹"的意象是诗人的感慨，没有花香的"竹"，不仅仅会产生簌簌疏疏的浓荫，"他时截作鲸鳌钓"也是诗人着重强调的。又如《慈姆竹》："一种碧琅玕，攒根绕苍岛。浓阴不透日，密幄得春早。笙随缑氏仙，钓入蟠溪好。欲识化龙蛇，唯应雪霜保。"说的是同一个事象，传递的是诗人隐逸闲居的追求、高洁不俗的情操。

从"竹"到"凤凰"的意象展开，又是诗人追求高雅富贵的体现。如《修竹轩》："不作笙箫用，开花待凤凰。阴阴一轩里，谁识阮生狂。"《种竹二首》其一："旋斸墙根数十寻，琅玕移种碧林林。何须待得鸾凰食，且欲炎天布好阴。"因为传说中凤凰以竹花为食，所以诗人就将"竹"的这一特点挖掘出来，以托"竹"言志，表达诗人避俗脱尘、坚贞劲直的思想品格。

将"竹"意象与杜甫相提并论，可能是郭祥正的一大创造，如《游道林寺呈运判蔡中允昆仲如晦用杜甫原韵》："千篇愧比老杜老，一节愿随孤竹孤。"这里以"老杜老"对"孤竹孤"，真是匠心独具，同时传递的文化内涵却是悠远绵长、值得回味的。

梅花，冰枝嫩绿，疏影清雅，花色秀美，幽香宜人，集高洁、典雅、坚贞、挺拔于一身，象征着铁骨铮铮、不屈不挠、幸福吉祥、顺利和平，其冰清玉洁、凌寒留香的气质，潇洒飘逸、清雅俊朗的风度，霜里孕蕾、雪中吐蕊的品格为历代文人所青睐，为世人所敬重。

北宋诗人中吟咏梅者为数众多且名诗名句颇多，如诗人林逋的七律《山园小梅》"疏影横斜水清浅，暗香浮动月黄昏"描绘的是梅花的高标逸韵；王安石"墙角数枝梅，凌寒独自开。遥知不是雪，为有暗香来"（《梅花》）。梅花体现着诗人的道德精神、人生操守。郭诗中的"梅"正是诗人人格的展露。郭祥正诗歌中有78个"梅"意象，如《康王洞呈同游讷禅师》中"瞳人照耀骨森竦，皎如皓月凌寒梅"，《次凌江先寄太守黎东美二首》其二中的"晖晖寒日溪云开，北客新过庾岭来。闻说凌江风物好，清香先见数枝梅"。梅的香气清淡，不浓烈却持久，难怪《红楼梦》中的妙玉要收集梅上的雪沏茶，不知有怎样的口齿留香。又如《送余秘校》中的"红梅零落雪霜洗,苍雁蹭蹬狐狸跷",《凌歊台呈同游李察推(公择)》中的"梅花披香柳烟袅,狂杀钱塘苏小小",《喜雪呈守倅二首》其二中的"四面岚光似玉光,满城和气贺丰穰。红炉底事不邀客,回雪落梅空断肠"等,在将梅花描绘成传递友情的信物的同时,也将梅花寰宇般的清澄、氛埃般的静谧,以及仿佛是冰肌玉骨的化身写得晶莹、纯净、透亮。

诗人笔下"梅"意象写得较好的是《和倪敦复观梅三首》。

其一

闻说观梅借烛光,今宵为我更开觞。月来枝上冰生艳,风过梢头玉有香。羌笛几声传旧曲,菱花一夜照繁妆。坐中老杜凌何逊,索酒题诗思欲狂。

其二

江月江梅斗冷光,就梅临月举瑶觞。素娥未许风摇影,青帝宁容蝶采香。迢递一声羌笛怨,轻盈千点玉人妆。出尘标格情多少,东阁曾令杜甫狂。

其三

月压江梅似雪光,史君要我共飞觞。不饶桂树轮中影,独占霜娥鉴里香。信报春来先众卉,恨随人去入残妆。孔融爱客君能似,席上应容处士狂。

这三首诗是诗人在汀、漳为官期间,与好友倪敦复一同观梅后写下的。全诗以观梅、赏梅为中心,有比喻,有引用,有借代,又有"杜甫""何逊""孔融"等典事掺入,含蕴丰富,意境高远,且每一联的最后一个字"觞""香""妆""狂"全都一样,体现了诗人较高的声韵修养。诗人写作三首后仍未能尽兴,就又写下两首《又同赏落梅二首》,这两首中诗人笔下"梅"意象最为优美、最富个性。

其一

江梅千片惜离披,更向风前把一卮。冷艳不辞今日舞,清香还是隔年期。客经易水忘归处,云倚巫山欲散时。安得不吟仍不饮,满头华发拟何为。

其二

谁惜东园玉树空,且携樽酒与君同。盈盈素艳辞寒萼,浥浥馀香散晓风。已许冰霜分我莹,尽饶桃杏向人红。能诗自有倪夫子,何必滁阳觅醉翁。

这组小诗,因其巧言切状、思致精妙且寄托高远而多为后人所称道。本组诗或咏早芳,或咏落萼,或写折梅赏枝,或写雪中觅梅,或侧重于图形写貌,或摹写梅花为百芳之先、枝劲叶香、映雪冲寒等方面的形象和物理特征。诗歌在传递幽姿绝尘的梅花如同诗人高傲的仙骨神韵的同时,也倾诉了诗人内心深处与世事相违而又不甘沦弃的落寞与孤清。

诗人将"梅"的生命状态、生命韵致的灵气精髓,全都通过诗歌体现并传递,使之留存。它不但保留着梅的"神""韵",而且使读者与诗人的审美心理和美的标准,获得了"梅"这一意象所寓含的深邃、丰富、高远和富有的活力。诗人咏梅写梅,绝不只是为了描摹梅的物态,他所要表达的是借梅怡情、抒怀、表节。诗中所咏之梅,已经成为诗人心灵的客观对应物。尤其重要的是它所昭示的诗人幽洁自持的人格与梅花这一生命所达成的内在的沟通。

鲸，现代读作"jīng"，但这个字在古代却读"qíng"。《文选》中西汉贾谊《吊屈原文》云："横江湖之鱣鲸兮，固将制于蝼蚁。"唐杜甫的《饮中八仙歌》云："饮如长鲸吸百川，衔杯乐圣称世贤。"此句讲的是天宝中左相李适之。由此可见，作为海洋中形体最为硕大的生物，"鲸"早就被人们所注意，并写入诗文当中。

郭祥正诗中的"鲸"的意象不仅仅来自古书文献对诗人的浸染启发，更多的是来源于诗人追慕的诗仙李白的诗作。伟大诗人李白在其现存的诗歌中，共用"鲸"23次，如其全集第一卷第一首题为《古风》，其三就有"连弩射海鱼，长鲸正崔嵬"。其他如《临江王节士歌》云："安待倚长剑，跨海斩长鲸。"《豫章行》云："楼船若鲸飞，波荡落星湾。"《赤壁歌送行》云："君去沧江望澄碧，鲸鲵唐突留馀迹。"等等。李白的诗歌风格直接影响着郭祥正，郭祥正诗歌中的"鲸"之意象达41次之多，且富于变化，如"长鲸"有8次，"骑鲸"有8次，"顽鲸"有3次，其他有"大鲸""蟠鲸""怒鲸"各2次，以及"老鲸""鲸鼍""鲸鲵"等意象。这些意象的使用，使得郭诗气势上纵横铺张，凌厉起伏，如江海波涛，层层迢递。如《金山行》中"卷帘夜阁挂北斗，大鲸驾浪吹长空"，抒写的是镇江金山边长江波涛的气势；《牛渚矶》中"烟云忽藏月，鲸鲵互喷浪"，古书中鲸鱼，雄为鲸，雌为鲵，本句写的是姑孰牛渚矶（长江边）的江水奔腾，"鲸鲵"意象豪放酣畅；《送吴山人二首》中"只思北苑春芽熟，安得骑鲸逐俊游"，是诗人自谓，诗人想象着当建溪北苑春茶初熟之时，能骑着鲸鱼追寻吴山人远游，何等豪放。

诗人追慕李白，其诗作中也处处不忘李白。如《送梅直讲圣俞》云："李白佯狂古来少，骑鲸飂飂飞沿洄，杜甫问讯今何如，应为怪极罹天灾。"再如《合肥李天贶朝请招钟离公序中散吴渊卿长官泊予同饮家园怀疏阁》云："月色莲香迷近远，且要李白骑鲸鱼。"典事"李白骑鲸鱼",应为李白死后,当地人为纪念他,而多言李白骑着鲸鱼,手挥玉鞭,上天入地成仙去了。诗人就直接运用这故事,将李白骑鲸鱼写进了诗中。最突出的一首诗要数《松门阻风望庐山有怀李白》了。因遇大风不得行,于是诗人望庐山,听波涛,思接千里。本诗的审美心理结构在内容上表现以"望"为基础,以"怀"为主导的对奇、幻的追求与描述。其直接意义在于想象中重建心理天平,即诗人要学习李白,效慕李白,在"望"与"怀"的基础上,以阻风庐山脚下为契机,来实现诗人的心理平衡与完形。本诗词采勃郁,想象奇特,意象丰富,意境宏阔,气势四满,诗人纵横豪迈的诗风由此而显见。

郭祥正将特定的自然意象当成自己高洁孤傲的人格精神的外化与体现,这类意象与前述酒、笔、琴、茶一类人文意象不同,但又内在相通。相通处在于它们都反映了特定时代环境下诗人的人文精神风貌和文化心理审美情趣;所不同的地方在于"酒、笔、琴、茶"具有直接性,直接来自诗人的人文生活,而"梅""鲸"等意象来源大自然,虽然它们只是诗人眼中的自然物什,但是它们却间接地体现着诗人的人文内涵。完全可以说,人文意象更多表现的是人文生活的方方面面,而自然意象则重在体现主体的内在品格和人文精神。

第三节 "三坟五典,含英咀华"
——郭诗典籍意象

郭祥正不仅善于从广阔的社会、自然生活中寻找诗歌意象,他也善于从历史文献典籍中汲取典故意象,并融入其诗歌当中。典故是艺术中使用的符号之一,是一种暗喻,一种公开或隐藏着真实意义的形象。我国诗歌中一直都存在大量的典故,这些典故意象既可如实表达诗人的主观感情，又可表达现实意境，同时又可再现历史，使诗歌画面深远、容量增大、意蕴增强。最典型的是李商隐的《锦瑟》一诗："庄生晓梦迷蝴蝶，望帝春心托杜鹃。沧海月明珠有泪，蓝田日暖玉生烟。"本诗既是用典，又是一组可感性极强的意象，构成了蕴藉无限的意境。郭祥正诗歌中汲取了历史文化典籍中的意象，有甘棠、濯足、击壤等，下面依次讨论之。

"甘棠"本义是一种树名，《尔雅·释木》云："杜，甘棠。"棠，乔木名，有赤白两种。赤者称杜，白者称棠。白棠即甘棠，也称棠梨，果实酸美可口，由于《诗经·召南》中有一首怀念召伯、赞颂召伯德政的诗篇名《甘棠》，此后，"甘棠"一词便成为美政德政的代称。

作为植物的"甘棠"这一意象为什么要放在这里，而不是放在"植物类"中讨论是有原因的。由于在郭祥正的诗歌中，"甘棠"已不仅仅是简单的一种果树，而是蕴含了深厚的文化典籍内容在里面。下面就来讨论这一比较特殊的意象。

诗人追慕李白，苦学杜甫，但"甘棠"意象在杜甫诗中没有出现，在李白诗中也只出现一次，为《题瓜州新河，饯族叔舍人贲》中"爱此如甘棠，谁云敢攀折"，其意思是对族叔舍人贲的希望和祝愿。郭祥正诗中用"甘棠"意象6次，分别为卷二《姑孰堂歌赠朱太守》，卷四《濡须山头亭子》，卷七《舟次新林先寄府尹安中尚书用李白寄杨江宁韵二首》，卷十五《蒋公桧呈淮南运使全部（颖叔）此桧系鲁侍郎漕淮日手植》，卷二十二《寄题李封州宅生堂》和卷二十三《次韵邹几圣舟次芜江见寄》。

这些诗中，诗人大多直接引用原典，如《寄题李封州宅生堂》"岘首去闻思堕泪，召南遗爱有甘棠"，"岘首"即岘首山，又称岘山，在湖北襄阳南，此句指晋羊祜十年镇守襄阳时，设学兴教，开垦屯田，增修德信，绥怀远近，甚得人心，而羊祜常登览岘山，置酒言咏，后遂成典事，次句"召南"即《诗经》中的《甘棠》典事。又如《姑孰堂歌赠朱太守》云："人世百年能几何？高会难逢离别多。一朝公去调鼎鼐，斯堂永作甘棠歌。"诗人首先嗟叹人生短暂，聚少离多，然后美誉朱太守，一旦离任赴朝为官，本地人会像当年人们思念召伯那样，来永远敬仰、怀念朱太守的。再如《舟次新林先寄府尹安中尚书用李白寄杨江宁韵二首》其一云："请歌甘棠歌，翻作新林诗。"诗人于元祐六年（1091）秋于当涂游金陵会晤时任知府的好友黄履（安中），此为未至金陵时的一首寄诗。诗人想象好友黄安中在金陵会治理有方，政绩卓著，遂以诗作勉之。"甘棠"意象寄寓着诗人对召伯当年甘棠树下听讼断狱、教农劝稼等美政的向往，同时也寄托着诗人对美好政治环境的期盼。

"濯足"来自《孟子·离娄上》："有孺子歌曰：'沧浪之水清兮，可以濯吾缨；沧浪之水浊兮，可以濯吾足。'孔子曰：小子听之，清斯濯缨，浊斯濯足矣，自取之。"另外《楚辞·渔父》中亦有："渔父莞尔而笑，鼓枻而去，歌曰：'沧浪之水清兮，可以濯吾缨；沧浪之水浊兮，可以濯吾足。'""濯足"后来多指归隐。"濯足"意象在李白诗中出现两次，分别为《酬崔五郎中》中"举身憩蓬壶，濯足弄沧海"和《郢门秋怀》中"终当游五湖，濯足沧浪泉"。在杜甫诗作中却只出现一次，为《寄韩谏议》中"美人娟娟隔秋水，濯足洞庭望八荒"。其意均为洗涤尘垢、隐逸林野。郭祥正诗中"濯足"以及与之相关的意象有8次，简列如下。

  渺思泛沧浪，期君濯双足。
——《陈安止迁居三首》

  闻君亦有逍遥趣，可濯沧浪共赋诗。
——《和留秀才秋日田舍》

何年濯足脱尘网，坐卧七言哦蕊珠。

——《寄题湖州东林沈氏东老庵》

濯我衣上尘，重泻山水音。只应王子晋，跨鹤每相寻。

——《嵩山归送刘伯寿秘监》

濯足就绿水，披衣揽清风。微吟百忧散，达道千古同。

——《夏日游环碧亭（介甫先生游兹洞）》

这些诗中的意象是诗人追求自然、高蹈独立、洁身雅道的人格追求的真实写照，当社会环境不能遂诗人之志时，郭祥正只好将目光转向林野，以追求自身道德的完善，诗人笔下的烟霞沧浪正是诗人自我性灵的流淌。

《论衡·卷五·感虚》云："尧时，五十之民击壤于涂。观者曰：'大哉，尧之德也！'击壤者曰：'吾日出而作，日入而息，凿井而饮，耕田而食，尧何等力！'"这是第一次提到"击壤"。又《论衡·卷八·艺增》："《论语》曰：'大哉，尧之为君也！荡荡乎民无能名焉。'传曰：'有年五十击壤于路者，观者曰："大哉，尧德乎！"击壤者曰："吾日出而作，日入而息，凿井而饮，耕田而食，尧何等力！"'"再次提到"击壤"，后来"击壤"成为歌颂帝王治国有方以及歌颂盛世太平的典故。《乐府诗集》八三有《击壤歌》，《文选》中南朝谢灵运的《初去郡》云："即是羲唐化，获我击壤情。"李白、杜甫、韩愈诗中均无"击壤"意象出现，与郭祥正同时代的、北宋理学五子之一邵雍有《伊川击壤集》二十卷诗作。北宋中期，社会安定，经济稳定繁荣，国泰民安，不少诗人均在其诗中歌颂这赵宋百年的太平盛世。郭祥正与邵雍一样，也在其诗中表达了对时局政治的满意，"击壤"意象在其诗作中共有5次，分别为卷六《自释二首》其二，卷八《蒲涧奉呈蒋帅待制》，卷二十九《次韵安止春词十首》其十以及卷五《将归三首》其一、其三。

在这些诗作中，诗人虽然情感比较复杂，个人的政治前途十分渺茫，但他对盛世太平的政治社会却是实事求是地给予赞颂的。如卷六《自释二首》其二中："遭时如尧舜，击壤欢且歌。"生长在百姓安居乐业的北宋熙宁、元祐年间，诗人是知足的，所以在此诗句的下面，诗人又言："归田尚叨禄，天宠固已多。"卸官归田仍有养老俸禄，被皇天宠爱的实在已经很多，在这样宽裕的生存环境中，诗人个体的入世追求又算得了什么呢？诗人的歌颂应该是真实且真诚。又如卷八《蒲涧奉呈蒋帅待制》中："只今神孙太母圣，天下击壤歌时康。"此谓宋哲宗年幼，由祖母太皇太后高氏亲政，朝廷清明，华夏绥安，杜绝内降侥幸，裁抑外家私恩，百姓安居乐业，故郭诗中云"天下击壤歌时康"。又如卷二十九《次韵安止春词十首》其十："社叟从今歌击壤，诗人不用叹繁霜。"时诗人在汀、漳任上，正踌躇满志，对未来充满希望，遂借诗以歌咏。再如卷五《将归三首》其一。

春田岂不美，春园亦可佳。田水流决决，园禽语喈喈。荷笠复携锄，动作颇自谐。邻叟三五辈，击壤欢无涯。

诗人即将弃官归隐，封妻荫子的建功之志的火焰已经熄灭。陶渊明因社会的腐败，只好转而追求自身道德的完善，因社会的危机，个人在恪守道德底线上基本没有出路，只好求助于人性的回归——归隐。而郭祥正，却在太平盛世中归隐，在高歌击壤中隐退，在出世与入世的取舍之间，郭祥正表现出了他的高贵情操与阔大胸襟。确实，在广大百姓安居乐业的政治社会环境中，个人的出处算得了什么呢？郭祥正以他的实际行动——退隐，表明了以他为代表的一部分文人阶层的隐逸，并非仅仅是无道时代的无奈选择，而是他们为树立人格自尊的总体需要而做出的道德抉择。

郭祥正诗歌中经典史籍的运用，将历史典事作为喻体，使诗的内涵极大地丰富了起来，给人以更多的回味余地。比郭祥正小十岁的大诗人黄庭坚的诗作，更是将历史典故出神入化地融入诗中，成为"点铁成金"诗歌理论的实践，但其后学"江西诗派"的某些诗作却一味"掉书袋"，钻牛角尖，抛弃了诗歌的形象美，致使诗歌老化，晦涩艰深，此不赘述。

综上可以看出，郭诗中大量的"酒""笔""茶""琴"等人文意象的出现，一方面表现出了诗人对直到宋代才逐渐形成的以追求渊博典雅为审美意识的这种深层社会文化心理的认同，[①] 另一方面也表现出了诗人"以象写意"的倾向，诗人在有意识地运用传统的、能表现文人生活的意象，来隐喻志向，抒写胸怀，既体现出诗人的品格、风范和情致，又传递出诗人超凡脱俗的气度，对优游不迫、涵泳雅致的人文生活的追求。

诗人笔下"松""竹""梅"等被人文化的这类特定的自然意象，表现的是诗人高洁耿介、孤傲不俗的人格精神，同时也折射出那个时期的时代精神、主体精神以及艺术精神。这类意象表达的是诗人对现实世界的喜怒爱憎，既是自勉，也是警世；既是自慰，也是慰世。诗人由这些意象自觉地将心理潜能升华为一种俗世生活中对美好理想境界的追求力量、完善自身、提升人格、健全个体生命的历程。由此也可知《挥麈录·后录》卷六所载"端叔尝为郡人，罗朝议作墓志，首云姑孰之溪，其流有二，一清而一濯（浊）。清

[①] 参阅了张毅《宋代文学思想史》第二章第二节，第三章第二、三节。

者谓罗公也，盖指浊者为功父……"云郭祥正为姑孰之浊，真是莫大的诽谤。对此孔凡礼先生在《郭祥正集·附录一》中有详细考证。

"甘棠""濯足""击壤"等历史典籍意象将诗人的心智、情感、精神沟通了起来，不仅使诗歌的形象内涵极大地丰富起来，同时也给读者以更多的回味余地。读者、诗人与古人三者同时交流，形象思维与逻辑思维不断地相互转换，相互补充，使得诗歌的艺术形象具有复杂性、多层次性，在表情达意方面更是曲折多义，使人想象无穷。

第四节　"北方之音，以气骨称雄"
——对壮阔意象的偏爱

郭祥正虽然是安徽当涂人，生在秀丽的长江南岸，但其在气质上、精神上却不时表现出一种雄浑壮大的气魄。这种壮阔气魄，也时常流露于笔端，体现在其诗作当中。故而郭祥正的诗集中也随处可见具有北方河朔雄奇壮美风格特征的独特意象，这些意象为这位江南诗人的作品平添了一种苍莽劲健、气骨端翔的北方审美风范。

比如，下面这首《后春雪》就是《郭祥正集》中洋溢着雄阔审美风格的代表之作。

前雪深尺五，后雪深五尺。动地北风恶，连天冻云塞。通逵绝行人，万物同一色。烛龙爪生冰，阳乌觜插翼。牛羊何足论，虎豹饿无食。此雪昔未有，父老均叹息。况当长养时，玄冥翻怒赫。我欲请雷车，夜半轰霹雳。斗杓斡春阳，和气随甲坼。溶为大田水，青发龙头麦。南民少苏醒，白骨免堆积。朝廷方体仁，乾坤应合德。有酒不敢饮，独乐神所责。悲歌闭空屋，写慰同心客。

此诗与《前春雪》并为姊妹篇，描写某年初春时节江南钟山一带遭遇暴雪袭击的景象。"前雪深尺五"，即入春以来所降的第一场雪，深一尺五寸。"后雪深五尺"，即指第二场雪在地面上层层委积，竟然厚达五尺之高。宋元时期，一尺约合31.68厘米。那么，五尺之雪，约相当于158.4厘米之多。也就是说，已经相当于一个身材较矮的人的身高了。这当然是颇见太白风范的夸张之写法，以夸大的雪委积之厚来极言雪灾之深重。这厚厚委积的大雪，恰如银装素裹，为大地铺上了一层莹洁的"厚毯"。而在这"厚毯"之上，朔风正在飞扬呼啸，席卷四方。彤云密布于天际四陲，任朔风肆虐如许也不能吹开其中一角。雪原、朔风和万里彤云，共同构成了一派苍莽萧疏的北国风光图卷。

至于接下来的"通逵绝行人"一句，则很自然地令读者联想到了柳宗元《江雪》"千山鸟飞绝，万径人踪灭"一般的素洁孤寂之场景。"万物同一色"，可以看作是对前述各种景物的集中概括。万物同归于一色，自然是覆盖在一片苍莽的雪白之下。词句与"通逵绝行人"前后搭配、照应，不仅勾勒出了一幅千里雪原惟余莽莽的雄浑画卷，而且还在不经意处传达了一种万物生机暂被压制而臣服于大自然无穷威力的孤寂苍凉之感，令读者真切地感受到了在素白一体的雄浑天地画卷之中，人类之渺小。

"烛龙爪生冰，阳乌觜插翼"这两句，则是集中用典。"烛龙"出自《山海经·海外北经》，意指"钟山之神"，号为"烛阴"，因其人首蛇身，绵亘千里，类似神话中的"龙"，故而又被称为"烛龙"。从考古及文化人类学的角度来看，此"烛龙"显然是原始社会后期图腾崇拜的一种象征物，被记载到充满怪诞神奇之事的《山海经》当中，也是非常自然的。然而，此"烛龙"不仅仅是山神，还司掌冬夏气候之变。《山海经·海外北经》将其神力描写为"视为昼,瞑为夜,吹为冬,呼为夏,不饮,不食,不息,息为风"。亦即"烛龙"睁开眼睛看万物时,天地就化作了朗朗乾坤,为白天;当它闭上眼睛时,天地就化作了无光暗野,为黑夜;当它吹气即吸气时,由于是将外在的气吸入其体内,带走了外界的热量,世界就化作了凛冽的寒冬;当它呼气时,由于是将内在的气呼出体外,送出了热量给予外界,所以世界又变成了炎炎夏日。而且,此"烛龙"不吃不喝,也不呼吸。当它呼吸时,就化作了吹荡于天地四方的狂风。由此可见,这位"烛龙"之神,实际是上古时期古人心目中天地昼夜四时运化的人格化象征,是一位掌管四季变迁的至高之神灵。《后春雪》一诗选用"烛龙"为典故意象,就把当下异常的春雪和天地万物的四时生化联系在了一起,表现出了一种阔大的时空之感。当然,在郭祥正的笔下,"烛龙"也受到了自己呼吸行为的制约,即"烛龙爪生冰"。原本掌管天地四方时令变化、吸气为冬、呼气为夏的"烛龙",本只应影响外部世界,而自身则断不会受到影响的。否则,"烛龙"的行为就成了自残之举。然而,现在郭诗所写的情状是"烛龙爪生冰",意思是说"烛龙"也因吸气过猛,导致温度骤降,自己的脚爪也被寒冰所冻住了。这样,郭祥正就以嬉笑诙谐的笔法,在调侃司掌四时变化的"烛龙"之余,也极写出了当前酷寒之景象。

"阳乌觜插翼"一句中,"觜"即"嘴"的异体字。而"阳乌",又名"三足乌",则是指太阳。晋代郭璞在为《山海经·大荒东经》"汤谷上有扶木,一日方至,一日方出,皆载于乌"这一句作注时指出,在"大羝山"下有一道别名为"汤谷"的"温源谷",是羲和所生十个太阳的沐浴之所。每日傍晚时分,即由"三足乌"背负一个太阳回到"温源谷"洗浴,然后将其放到"扶木"(扶桑木)上休息。第二天清晨,又由"三足乌"背负另一个太阳飞离"汤谷"而从东方升起，照耀天地四方，为人间送来温暖。这样，"三足乌"承担"载日"的功能，每天轮流背负一个太阳升入天空，使天地寒暑有节，四时分明。先民就是这样，用"三足乌"的飞、落来解释日出日落的自然现象，故而"三足乌"也被称为"阳乌"。

其实，"三足乌"是古代神话传说口头相续流传的产物，其始本不源于郭璞之说。在《淮南子·精神篇》中即记载有"日中有踆乌"的说法。此"踆乌"即为"三足乌"。王充《论衡》的《说日》篇也记载当时儒生的言论称"日中有三足乌"。在一幅名为《羿射九日》的汉画像砖中，也赫然绘有"三足乌"的形象。这说明，最晚在汉代，即有"三足乌"的神话传说流行于世，这可以看作是上古神话在汉代相续沿传的结果。

而在这首《后春雪》中，郭祥正却用了"阳乌觜插翼"来描写"三足乌"。意思是说，由于过分寒冷，"三足乌"都把自己的头埋进了自己的翅膀、羽毛之中来取暖。"阳乌"既如此，还怎能承担起"载日出入"的功能呢？所以，郭祥正用"阳乌觜插翼"一语，十分生动而又诙谐地描绘出了太阳为密布之彤云所遮蔽而导致天地一片苍茫晦暗的景象。"阳乌觜插翼"和前句的"烛龙爪生冰"，同样采取诙谐、调侃的语调，驾轻就熟、举重若轻地把诗歌写作的方向回转到了华夏民族"童年"时代的初始记忆——神话传说之中，不仅借助神话传说的内容为眼前所要描绘的千里雪原设定了宏大的时空叙事背景，而且也凭借诙谐的写法有意贬损了"烛龙""阳乌"等上古神灵的法力，突出了风雪肆虐之威猛，也令读者真切地感受到了茫茫一色的天地画卷中所蕴含的那份大自然的无穷威力。

描绘了这样酷寒的景象之后，诗中继续呈现"牛羊何足论，虎豹饿无食""此雪昔未有，父老均叹息"的场景，也就显得水到渠成且真实可信了。

接下来，郭祥正却仍想要凭借雄奇的想象力来干预这种酷寒的景象，令春回大地，以利万民生计。即"我欲请雷车，夜半轰霹雳"。在作者的想象和联想当中，希望请来雷公，用霹雳轰开厚厚的彤云，让北斗七星重新映入地上万民的眼帘，以便昭示着春天又回到了这个世界。"斗杓斡春阳"中的"斗杓"，即北斗七星。北斗七星的"勺柄"部位指向不同的方位，即表示着不同的节令。在春季，北斗七星的"勺柄"指向东南，故而刘方平《月夜》一诗会有如是之描写："更深月色半人家，北斗阑干南斗斜。今夜偏知春气暖，虫声新透绿窗纱。"在这里，诗人也希望借助神力轰开彤云，使"北斗阑干南斗斜"的熟悉景象重新显现于天际，令地上万民获得苏生的安慰。同时，诗人也祝愿"和气随甲拆"。这里的"和气"即和风、春风的意思。"甲拆"，又可写作"甲坼"，典出《周易》。在《周易》第四十"解"这一卦中，有"天地解而雷雨作，雷雨作而百果草木皆甲坼"之句。意思是，天地之间的阴阳二气相互交感，产生雷雨现象。雨水降至地面，各种植物的种子也就随之裂开外皮，吐出新芽了。所以，"甲拆"即植物种子外皮开裂而发芽的意思。由此，也就可以明确郭祥正为何在前句要"请雷车""轰霹雳"了。实际上，这首诗自"我欲请雷车"一句开始，其意脉一直是沿着《周易·解》中有关雷雨、"甲坼"的语句、典故来展开的。而这委积达五尺之厚的大雪，也必将随着雷雨的阴阳交感而"溶为大田水"，灌溉已经开裂发芽的种子，使得麦苗早日钻出地面，吐出青青的麦穗。这样，南方的人民就能够从艰难困苦中稍稍苏醒过来，避免出现"白骨蔽平原"的惨绝人寰之景象。在诗的最后，作者大声疾呼"朝廷方体仁，乾坤应合德"，意思是说，朝廷正在讲修仁政，按照"天人感应"的学说，天地四时之气也应按照其本性而顺畅地运化，促使世间风调雨顺，以在人间呈现出一派太平盛世的美好景象。

综上所述，郭祥正在这首《后春雪》中，首先极写风雪肆虐之威灵，展现出了一幅类似河朔以北"长城内外，惟余莽莽""大河上下，顿失滔滔"的雄阔壮丽之景象，为后文抒发对于春雪消融、春阳重生这一美好景象的渴望、期盼之情做好了反向铺垫。在此基础上，作者运用"雷车""霹雳"等意象来表现自身这份由衷之情，也就显得自然而然，毫无突兀之感而水到渠成了。而且值得注意的是，本诗的前半篇中"动地北风""连天冻云""万物一色"等意象所共同描绘的萧疏壮阔的千里雪景，把风雪肆虐的灾害推升到了极点。这也就为"我欲请雷车，夜半轰霹雳"一句由写景向抒情的转折做足了铺垫，也为反向抒发盼望春意重回大地的美好情感埋足了伏笔——诗的前半篇越是极写风雪之酷虐，也就越是能反衬出后半篇所抒发之情感的真挚、热切和强烈。所以，像"动地北风""连天冻云""万物一色"等折射着北方雄浑气概的意象，也在全诗写景、抒情的意脉发展与篇章结构当中发挥着卓然独特的功用。

第五节 "以我之情，述今之事"
——对主体意识的展现

国学大师王国维在其《人间词话》中曾谈道："词人者，不失其赤子之心者也。"意思是说，一个词人应该抒发自己内心中最为真挚的情感，做到"绝假纯真"，方有可能使作品表现出强烈的情绪感染力，引起读者强烈的心理情感共鸣，进而帮助作品本身完美地达成抒情言志的目的与任务。

词人固然需要具备一颗"赤子之心"，然而对于诗人来说，又何尝不是如此呢？由于自上古以来，诗这种文体就担负着"言志"

的功能,所以,诗人是否具有一颗"绝假纯真"的"赤子之心",决定着诗作所"言"之"志"是否能表现出动人心魄的感染力和号召力,也就关系着诗体创作的成败。所以,诗人和词人一样,也需要具备一颗"赤子之心",并且在诗作中集中地抒发、展现这颗"赤子之心",才能写出感人至深的作品。

而郭祥正,则恰恰就是这样一位具备纯真"赤子之心"的诗人。上一节所援引的《后春雪》一诗的后半篇,已经对郭祥正的这种"赤子之心"有所流露和展现。而郭祥正诗集的其他作品中,也同样不乏类似深具"赤子之心"的意识。且看下面这首《治水谣》。

去年圩破官不救,阙食逋亡十八九。今年大水如去年,民困适遭何令贤。贤哉何令能治水,枪木编芦多准拟。赏罚公平贫富均,赤脚亲临食亡匕。每趋危垫必身先,往复连宵几百里。浪头作恶工莫施,一拜能令二龙起。白龙先去黑龙随,鳞鬣分明皆见之。须臾浪定埂可御,父老惊嗟咸涕洟。西门投巫安足比,亦胜乘舆济溱洧。活我生灵十万家,惠泽阴功浃神理。天子临轩方用才,时时有诏搜草莱。请歌何令能治水,愿采斯言献天子。

这首诗表现了郭祥正对于家乡当涂水患不能得到有效治理而屡屡危及民众这一现象的深切谴责。公元1054年,郭祥正在中进士之后因与上司不和而弃官返回家乡当涂,寓居在当涂东南的宣城一带。在这一时期,郭祥正对于家乡的水患及其对民众所造成的危害有了更加深入的了解,于是创作了这首《治水谣》,对治水不力的前任地方当局进行了无情的鞭挞,并对积极治水、救民于危难的何县令进行了由衷的热情歌颂。

这首诗的第一句开门见山,直抒胸臆地表达了对于前任地方守令官员的愤怒斥责："去年圩破官不救，阙食逋亡十八九。"这里的"圩"，即防水护田的堤岸。在旧时的江南地区，为了防护那些低洼的田地免受江河泛滥的水害，于是在田地周围以及河流两岸都修筑了圩坝堤岸。如果这片低洼地带内还修建了民居村落，那么就称为"垸子"。所以保护农田的圩坝堤岸和保护低洼民居村落的"垸子"，合称为圩坝堤垸。

然而，这圩坝堤垸本身也需要积极的防护和治理，方能保持其坚固，发挥其固有的功能。所以当圩坝堤垸保养、防护不力或者洪水过于浩大时，水流就会冲垮它们，直接灌入低洼的良田中导致稻米颗粒绝收。

如果说圩坝堤垸被洪水冲破到底属于"天灾"还是"人祸"尚难以定论的话，那么"官不救"三个字则直接地表明，这场洪水淹没良田的灾祸是地地道道的"人祸"。地方官员对于圩坝堤垸崩塌决口、良田被淹没的重大事件麻木不仁，不加任何补救措施。由此也可以看出，在之前圩坝堤垸尚未决口之时，这些地方官员对于此类水利设施的防护应当更是漫不经心，这导致圩坝堤垸年久失修，最终在洪灾面前轰然崩塌。因此，圩坝堤垸的崩塌决口，虽貌似"天灾"而实为"人祸"。郭祥正在《治水谣》的首句开门见山地指出了这一点，虽以史笔直抒胸臆，但言简意赅中也蕴含着一定的春秋笔法，揭示了圩坝堤垸崩塌决口事件掩盖在自然灾害面纱下的"人祸"本质。

这一"人祸"的严重后果和具体表现，就是"阙食逋亡十八九"。其中，"阙"通"缺"，"阙食"即缺乏食物之意。洪水冲灌田地，导致稻米颗粒无收，普通民众自然缺少口粮。而后文的"逋"即是"逃"的意思。"逋亡"就是"逃亡"。民众缺乏口粮，在本乡本土难以存活，只能加入逃荒的队伍，远奔外地。而"十八九"则是"十之八九"的意思。即百分之八十到百分之九十的民众都已经离开家园,逃荒去了外地。

接下来,诗作笔锋一转,将叙事的时空背景切换到了今年——"今年大水如去年"。意即今年的洪水泛滥情况一如去年一般严重,但是人民却幸运地遇到了一位姓何的贤能父母官。在何县令的积极筹划指挥之下,能够用来制作枪杆的坚硬木材被用来打木桩,各种芦苇也被编织起来,盛满沙土,用作沙袋填塞在木桩之间,不仅修补了此前圩坝堤埌的决口之处,而且构筑起了一道坚实的防水线。

如果说上一句还是阐述何县令治水的政策措施,那么下一句则转入描写这位父母官亲临险境、身先士卒的风范了——"赏罚公平贫富均,赤脚亲临食亡匕"。这位何县令光着脚奔走于防治水患的第一线,以至于吃饭的羹匙都被弄丢了。在这里,作者抓住何县令羹匙丢失这一细节来描写,鲜活地刻画了这位父母官"急民之所急,苦民之所苦"而与民众同甘共苦的可敬、可爱之形象。"每趋危垫必身先,往复连宵几百里",则是描绘何县令不顾自身安危,踊跃奔赴治水最危险的地段,衣不解带昼夜指挥的感人场景,令读者深切地体会到了这样一位杰出官吏的优良作风。

至于后文的"浪头作恶工莫施,一拜能令二龙起"则具有神话色彩了。古人认为,洪灾泛滥是由于蛟龙肆虐作恶的缘故,所以在无法治理洪灾时,就必须设坛祭拜,规劝蛟龙离开此地,方能换来局地的风平浪静。所以,在治水遇到困难而导致工程停滞不前时,何县令也不得不采用此法来祭拜蛟龙。诗中描写道:他的诚意显然感动了黑、白两条蛟龙,以至于二龙腾空飞去,不再为患一方。我们知道,"龙"是图腾崇拜的产物,世上本没有这种动物,所以"一拜能令二龙起"显然是一种基于浪漫想象的写法,意在表现何县令的精诚感天动地、达于神祇。在那个生产力不发达、神灵崇拜非常流行的时代里,这种写法非但不会贬损何县令的形象,反而能够给予他最高的殊荣。这是因为,自从汉代董仲舒等儒生倡导"天人感应"之说以来，凡能够"以德格天"（即以自己推行的仁政感动上天）的官员，都是统治阶层中足以荣膺最高荣誉的典范楷模。所以，此处描写何县令拜走双龙，实际上昭示了其"以德格天"的深厚道德修养，这无疑是对其最为鲜明的褒奖了。而何县令拜走双龙的结果，则是立竿见影的"须臾浪定埂可御"，很快风浪就平静了下来，堤防得以迅速加固，百姓父老都惊喜交集，热泪盈眶。这一句，则极写百姓对于何县令这位父母官的感泣和爱戴。

在诗作邻近结尾之处，郭祥正又援引历史典故，将历史人物的功绩同何县令进行了对比，以凸显何县令的光辉形象。此句即"西门投巫安足比，亦胜乘舆济溱洧"。"西门投巫"，即战国时魏国邺城守令西门豹将以"为河伯娶妇"为名横征暴敛百姓钱财的巫婆、三老投入漳河的史实。在将这些祸害百姓的"地头蛇"巧妙地消灭之后，西门豹在邺地开挖十二条灌溉水渠，使当地良田倍增，百姓过上了富足的日子。而"乘舆济溱洧"出自《孟子·离娄下》"子产听郑国之政，以其乘舆济人于溱、洧"。意思是说，春秋时期郑国贤相子产当政期间，在国都外的溱、洧两条河边，经常用自己的座车帮助两岸百姓渡河。但是，孟子对此批评道，子产空有仁爱之心，却不懂得为政之道。如果在水位较低的十一月份花一个月的时间把溱、洧两条河上渡人的桥修好，十二月份再把渡车马的桥修好，百姓就不用再为渡溱、洧两河而发愁了，子产也就不用再把自己的座车用作救济民生的工具了。由此可见，"西门投巫安足比，亦胜乘舆济溱洧"一句，意在用西门豹、子产等古代贤守令、贤相的事迹来类比并陪衬何县令治水的功绩，借以表明身先士卒的何县令集西门豹、子产的机智与仁德于一身，在实行仁政救民、惠民方面相比两位先哲有过之而无不及。

最后，全诗用"活我生灵十万家，惠泽阴功浃神理"一句对何县令治理水患的功绩进行了总结概括，说明这位父母官救济民众之多,并再次显扬了其"以德格天"的道德精神。最后表明,自己要响应皇帝的号召,积极举荐像何县令这样仁民爱物的优秀官吏,使其得到升迁,以便在更大范围内造福更多的百姓。

综合上文的论述可见,在《治水谣》中,郭祥正凭借自身的一颗"赤子之心",对麻木不仁的前任地方官员进行了无情的鞭挞,以此来反衬对现任贤能父母官——何县令的由衷赞美与讴歌,表现出了"以我之情,述今之事"的主体意识。"以我之情",即凭借自己的一颗"赤子之心";"述今之事",即采取史家笔法,对当前正在发生的有关国计民生的实事进行秉笔直书,颂扬德政、善政,鞭挞丑恶暴政。这种"以我之情,述今之事"的创作宗旨,集中体现了郭祥正以兼济天下为己任、"居庙堂之高则忧其民,处江湖之远则忧其君"的积极参政意识。同时也表明,他正是以文学创作作为特殊的"武器",来达到其兼济天下、积极参政的政治抱负的。

而上述的政治抱负与创作宗旨,则又集中体现了郭祥正在诗歌创作中的"主体意识"。意即,诗人是"忧国忧民"的"赤子",也是参与政治、兼济天下的能动一员。而诗歌创作,则又是其实现自身"经时济世"政治理想的一个手段,一条途径。所以,诗人在文学创作中,就须秉持自己的一颗"赤子之心",以诗言志,以诗言事,以诗扬善,以诗斥恶,以诗歌创作来裨补政治的缺失,从而抒发自身的政治理想和见解,在文学创作与政治活动的双重层面,能动地发挥出自身独特的功能与价值。这种主体意识,不仅体现在《治水谣》当中,还体现在郭祥正《青山集》的《前春雪》《后春雪》《田家四时》《志士吟》《送沈司理赴阙改官》《蒲涧奉呈蒋帅待制》等大量的诗歌作品之中,展现了诗人积极用世、以诗歌创作裨补时用的高尚风范,闪耀着鲜明的现实主义创作思想之光彩。

第五章

"凌云健笔意纵横"

——郭祥正诗歌的谋篇分析

第一节 用典精当

用典,也称"用事",是中国古代诗词创作中十分常见的现象,也是诗歌中常用的一种修辞手法。所谓"典",就是指"典故",一般是指历史上所出现过的各种史实、故事以及前代文学作品中的各种词句。当诗人将这些典故写进自己的作品中来辅助表情达意时,就形成了"用典"的修辞手法。

如上文所述,"典故"一般是指史实、故事或前代文学作品中既有的词句。既然如此,那么典故实际上不仅浓缩了历史事件,而且积淀了在这些历史事件中所表现出的价值判断、精神宗旨以及现代作品词句的审美旨趣等意识形态领域的要素。故而,对于诗歌创作来说,用典非常有效地拓展了作品的情境维度,丰富了作品的思想情感内涵,从而强化、优化并进一步发扬诗歌"言简义丰"的固有属性,帮助诗歌营造更加丰富的意蕴感和更加深远的意境。鉴于用典具有如此多的优势,所以历代大诗人如李白、杜甫、白居易、苏轼、陆游等都善于用典,并且在自己的作品中创造了一个个恰切用典的经典案例。

而郭祥正素有"太白后身"的雅称，因此他在诗歌创作中也同样娴于用典、精于用典，并且展现了一定的规则与风范。下面就援引郭祥正的若干诗歌作品，来具体分析其用典用事方面的精到之处。

首先来看这首《送胡唐臣入幕又送朱伯原秘校》。

> 登姑苏，望五湖。范蠡扁舟竟何在？吴王宫殿惟荒墟。使君谁何好平恕，宽则脂韦猛则虎。只今卧治闻黄公，更得高才归幕府。愿令里巷歌召南，风化流行成乐土。昔年引对大明殿，国论轩轩动人主。往持使节临朔方，威霁秋霜爱春雨。玉上青蝇谁强指，鼻端有垩宁伤斧？升沈偶尔非吾嗟，不用东方且为鼠。岂闻绝代无佳人，何必西施妙歌舞。盛倾绿酒鲙肥鲈，承诏还从大梁去。泠泠浣溪水，悠悠天柱云。云行水光动，水洗云影分。幽人坐卧吟，孤绝迥出群。资彼云水秀，释此尘垢纷。胡为倏言别，扁舟连夜发。往登姑苏台，而望太湖月。却寻史迁迹，但见苍烟灭。览古竟论今，治具校工拙。有才不得施，著书贻后世。何必腰黄金，自享千载贵。鲈鱼秋正熟，云泉味尤美。若逢吴市门，更访长生理。

这是一首歌行体的古诗，为郭祥正送别胡唐臣前往苏州担任苏州金判时的一首赠别诗。根据南宋陆游《跋李朝议帖》一文的记载，胡唐臣字僧孺，是宋高宗朝官至兵部尚书的胡直孺（字少汲）的兄弟。胡僧孺为江西名士，所交游者都是当朝知名人物，而《跋李朝议帖》中的李朝议，就是胡僧孺所交往的一位朋友。可见，当时郭祥正应是作为一位前辈，与尚在青年的胡僧孺展开交往活动的。此次送胡僧孺担任苏州金判，除郭祥正外，苏门四学士之一的张耒，还作有《送胡唐臣赴苏州佥判》这首五言律诗来加以赠别。这就是这首诗的创作背景。

　　由于胡僧孺所要去往的苏州自古以来就是形胜之地，发生过许多历史故事，所以这篇送别的长篇歌行也就自然而然地融入了许多典故，堪称郭祥正诗集中用典、用事的典范之作。接下来，笔者将逐一解释其中所用典故的内涵，并剖析其对于帮助诗歌表情达意所发挥的独特作用。

　　首句中的"五湖"，并非指五个湖泊，而是专指苏州东南方向的太湖。在司马迁《史记》记载范蠡助越王勾践灭吴一段中，"五湖"指代太湖。所以，联系到"范蠡扁舟"一语，将"五湖"解释为太湖，是恰如其分的。

　　而下文中的"范蠡扁舟"，则是指范蠡在助越王勾践灭吴之后弃官经商，乘一叶扁舟载西施离开政治权力斗争中心，经太湖前往各地经商致富的故事。而"吴王宫殿"，则是指春秋时吴国末代国王夫差的宫廷园囿。由于夫差宠幸西施，荒疏朝政，穷兵黩武，致使吴国为越王勾践所灭，夫差被流放海岛，自刎而死。由此来看，本诗二、三两句，完全是引用春秋末年吴越争霸兴亡的史实为典，来引出胡僧孺所要去往的苏州这一地点，并为全诗设置深远的历史背景。

　　接下来第四句中的"平恕"，即是指儒家的"忠恕之道"。《论语·里仁》记载曾参之语："夫子之道，忠恕而已矣。"在曾参看来，"忠恕"就是孔子学说的本质和精髓所在。其中，"忠"是指尽心为人；"恕"是指推己及人。做到"忠恕"二字，即可最大限度地改善人际关系，使人类社会变得愈加美好。在这里，郭祥正用"使君谁何好平恕"一句，实际是指苏州郡守秉持儒家"忠恕"之道，能够有效防范接下来所说的"宽则脂韦猛则虎"这两种不良倾向。其中，"脂韦"典出《楚辞·卜居》："宁廉洁正直以自清乎？

将突梯滑稽如脂如韦以絜楹乎?"脂,是指油脂;韦,是指去毛而非常柔软的牛皮。屈原被流放三年,因烦闷抑郁而去找太卜郑詹尹求解。他曾问郑詹尹:"我是整治廉洁求得自身的清白好呢?还是像油脂和软皮那样阿谀圆滑来揣度当权者的心思好呢?"此后,就习惯用"脂韦"来比喻圆滑的处世态度了。在本诗中,郭祥正用"宽则脂韦"一语,则是为了表明如果驭下不严,为政过宽,则百姓就有可能变得圆滑世故,从而风俗日坏。其后的"猛则虎",典出《礼记·檀弓下》:"小子识之,苛政猛于虎也。"孔子带领弟子路过泰山,看到一个妇人在坟墓前哭得十分悲切,便派子路去打听缘由。原来,这个妇人的公公、丈夫和儿子先后被老虎所吞噬。孔子很奇怪,问:"那为什么还不离开这里呢?"妇人回答:"只因为这里没有官府残暴的政令啊。"于是,孔子告诫弟子:"你们记住,残暴的政令比老虎还要凶猛可怕!"而在这句诗中,郭祥正引用"猛则虎"的典故,实际是在警告胡僧孺为政过严则将导致政令严苛残暴,使百姓苦不堪言。所以,综合这一联诗句的含义来看,郭祥正是引用"平恕""脂韦""猛则虎"这三个典故,阐述了为政宽严相济的中庸之道。

此后转入第六句,又出现了"卧治"和"黄公"两个典故。"卧治"语出《史记·汲郑列传》,是指西汉时期汲黯担任东海太守,因多病,"卧闺阁内不出"。然其到任一年多后,东海地方却被治理得井井有条了。因为汲黯"卧闺阁内不出",所以减少了对百姓民生事务的干预,百姓得以休养生息,因而"岁余,东海大治"。后来,就经常用"卧治"一词来比喻清静无为、与民休息的黄老治国之术了。"黄公"则是指西汉后期的"循吏"黄霸。黄霸为官清正廉明,善于治理郡县,深得皇帝赏识。他与同一时期的龚遂政治方略相近,他们治郡理政的方针,被合称为"龚黄之术"。在词句中,郭祥正连用"卧治"和"黄公"两个典故,再次颂扬了苏州郡守清静无为、清正廉明的为政风范，也暗示了胡僧孺将要去往一个宽松的政治环境当中。

第八句，"里巷歌召南"中，"召南"即《诗经》十五国风之一，为召公所统治南方地区的民歌。由于召公多行美政，为人民所爱戴歌颂，所以后世常以"召南"来比喻德政教化之下的颂歌。"乐土"出自《诗经·魏风·硕鼠》"逝将去女，适彼乐土"，是指没有剥削与苛政的理想国度。此句连用"召南"和"乐土"两个典故，意在劝勉胡僧孺到任入幕后要勤于政事，辅佐郡守将苏州治理成为一个洋溢着美政颂歌的理想地方。

第十四句，"玉上青蝇"，本出自东汉王充《论衡》之《累害》篇："清受尘，白取垢；青蝇所污，常在练素。"意思是说：清白的东西非常容易被灰尘污垢所玷污。因此，洁白色生绢上所驻留的苍蝇就非常地显眼。后在唐代，往往将"练素"替换成白玉，作为洁白之物的象征，于是有了"青蝇点玉"的典故。比如，牟融在《寄永平友人》诗之第二首中写道："青蝇点玉原非病，沧海遗珠世所嗟。"则是说，即使苍蝇落在了玉上面，也不能改变玉温润的本性，仍然无损于玉的形象。"鼻端有垩宁伤斧"典出《庄子·杂篇·徐无鬼》："郢人垩慢其鼻端若蝇翼，使匠石斫之。匠石运斤成风，听而斫之，尽垩而鼻不伤，郢人立不失容。"楚国郢都有人用白垩在鼻尖上涂了就像蚊蝇翅膀那样的薄薄一层，然后让一位被称为"匠石"的工匠用斧子去砍掉这薄薄的一层白垩。"匠石"飞快地舞动利斧呼呼作响，一下子就完全砍掉了对方鼻尖上的这一层白垩，但鼻尖却没有受到任何损伤。而这个在鼻尖上涂抹白垩让"匠石"来砍的郢都人，也还面不改色地立在那里，丝毫没有受到惊吓。这则"运斤斫垩"的典故，实际上是在称赞"匠石"和"郢人"这对搭档之间相互信任、配合默契的精神。庄子讲述这段寓言，意在表明：自从善于和他争辩的惠子死后，他就像失去了与

"郢人"搭档的"匠石"一样，变得无从辩论而落寞了。在这一联诗句中，郭祥正连用"青蝇点玉"和"运斤斫垩"这两个典故，实际上在告诫胡僧孺要忽略表面的微瑕，宽容地看待同僚们良好的本质，以便和苏州幕府的同事们形成良好、默契的搭档关系。

第十六句，"升沈"，即太阳、月亮的东升西落，古人常以此来比喻人生的盛衰荣辱。"不用东方且为鼠"，出自西汉东方朔的《答客难》："用之则为虎，不用则为鼠。"东方朔向汉武帝上疏"农战强国"之策，遭到对方的忽视。于是，东方朔就写了一篇《答客难》来发泄怀才不遇的情绪。在这篇"难"体文中，东方朔借一位"客"的口吻，来自嘲官职卑微却不忘修习圣人之道的窘境。然后，作者自己借文章正文来予以答辩，阐明自己的观点。由于汉武帝时期和战国时期的形势大不相同，所以士人的遭遇也自然会有所差异。当得到人主的赏识重用时，自然就会变成像老虎一样威风；若得不到提拔重用，则会像老鼠一样无足轻重。但是，修习圣人之道是士人的本质要求，不能因遭遇的差异而有丝毫的疏忽。此后，"用之为虎，不用为鼠"，就成了解释士人不同遭遇的一则典故。在这一联中，郭祥正连用"升沈""不用东方且为鼠"两个典故，意在劝勉胡僧孺不要在意人生偶然的荣辱得失，即使得不到重用，就像东方朔所说的那样像老鼠一样无足轻重，也是时势使然，并不是由于胡僧孺自身的原因造成的。

第十八句，"绝代佳人"出自杜甫的《佳人》诗句"绝代有佳人，幽居在空谷"，代指那些不受重视、安贫乐道、与世无争的高洁之士。第十九句中的"西施"，即以美色迷惑夫差，助越灭吴的越国美女西施。这里代指那些声名显达之士。综合这一联中的两个典故，郭祥正仍是在劝慰胡僧孺，那些仕途显达之人未必就比那些没有功名职务、与世无争的高洁之士拥有更高的才干。只要胡僧孺肯努力，是金子总是要发光的。

第二十句及倒数第四句中,"鲙肥鲈"和"鲈鱼秋正熟",典出《世说新语·识鉴》中所言"莼鲈之思"。大意为,张翰在西晋末年"八王之乱"中被任命为齐王司马冏的属官东曹掾。他在洛阳看到秋风拂过,就想起了家乡苏州一带鲈鱼脍、莼菜羹的鲜美味道,于是喟然感慨:人生最幸福之事乃是顺从自己的意愿,怎么能依靠在几千里外做官追求名望官职来达到幸福呢?!于是,张翰辞官回乡。不久之后,齐王司马冏被长沙王司马乂攻杀于洛阳城中,人们联想到张翰此前因"莼鲈之思"而辞官归家的事情,都认为他有先见之明。在这两句中,郭祥正都用到了"莼鲈之思"的典故,且都与苏州、吴中相关合,意在劝勉胡僧孺:人生的功名富贵都是外物,而内心的自足适意才是最重要的幸福之源泉。

最后两句中的"吴市门""长生理",则是出自西汉枚乘所作的辞赋《七发》。在《七发》中,枚乘虚拟了楚国太子患病的场景,又设计了一位吴国客人前去探病,通过七次启发诱导,归纳出楚国太子的病因在于沉溺享乐的不健康生活方式,并以此表达了作者自身对于保健、长寿等问题的看法。在这里,郭祥正用"若逢吴市门,更访长生理"作结,实际是期许胡僧孺赴苏州入幕任职期间成为像《七发》中的"吴客"那样洞达事理的高人,从而为自己的人生谱写崭新的篇章。

综合来看,在这首《送胡唐臣入幕又送朱伯原秘校》中,郭祥正围绕胡僧孺将要去往的苏州,连续使用了18个典故,不仅为作品营构了深远、壮阔的时空背景,而且还含蓄而又巧妙地表达了对于未能获取功名的江西名士胡僧孺多方的劝勉、抚慰之意,不但有效地扩充并丰富了作品的内涵主旨,而且淋漓尽致地发挥出了用典对于拓展诗作思想情感内容的多重功效,堪称郭祥正《青山集》中精当用典的示范案例。

第二节　对仗奇巧

和"用典"相似,"对仗"也是诗歌中十分常用的一种修辞手法。"对仗",又称"对偶"。之所以称为"对仗",是就诗歌中对偶的严格性来说的。我国古代近体诗中的对偶,不仅要求上下两句的字数完全一致,而且彼此之间的句子成分及其结构也要完全相同,意义完全对称(含义必须构成严格的相反、相似或相关关系)。要求如此严格,就导致互为对偶的两个句子像旧时官府的两排仪仗一样严整,所以也称为"对仗"。对仗,是近体诗的要求,古体诗的上下两句之间并不需要构成严格的对仗关系,是否对仗完全由作者的意愿来决定。而近体诗则不同,虽然相对短小的绝句并不需要对仗,然而篇幅较长的律诗乃至排律,则要求严格的对仗修辞。无论是五言律诗、七言律诗、五言排律还是七言排律,对仗是否严整,都是衡量其是否合格的硬性指标之一。对于五言律诗、七言律诗来说,第二联(第三、四句)和第三联(第五、六句)必须构成严格的对仗,分别称为"颔联"和"颈联"。而对于五言排律、七言排律来说,除了首、尾两联之外,诗中的其他各联都必须构成严格的对仗形式。排律少则十句,多则上百句。也就是说,排律中必须包含少则三联、多则百余联的对仗,这也就对诗人的写作功力提出了更高的要求。所以,综合来看,对仗在近体诗的写作中发挥着重要作用,其工整与否也是评判近体诗优劣的重要标准。

作为"太白后身",郭祥正在近体诗创作方面也非常注重向李白诗歌创作的模式、风范看齐,所以也非常注重对仗的严整性。非但如此,作为一位标新立异的诗人,郭祥正在近体诗对仗工稳的基础上,还追求一种"奇巧"之趣。以下,笔者就选取郭祥正《青山集》中的代表性作品,来尝试剖析郭祥正诗歌作品对仗修辞方面的"奇巧"之美。

首先来看这首《晚望》。

> 久客心尝折,登楼望转迷。风倾蘋叶乱,雨重柳条低。未得趋金马,何当似木鸡。细寻乡国路,愁听暝鸦啼。

这首诗,意在抒发一种久客羁旅的乡思愁绪。"风倾蘋叶乱,雨重柳条低",是本诗的"颔联"。"未得趋金马,何当似木鸡"则是诗的"颈联"。其中,"颔联"中"风"对"雨",是名词对名词,主语对主语;"倾"对"重"是动词对形容词,然而两者同属于谓语;"蘋叶"对"柳条",都是名词,也同属于宾语;"乱"对"低",都属于形容词,也同是补语。从上面的分析来看,这首诗的"颔联"本身对仗是十分严整、工稳的。然而,在这严整、工稳的基础上,郭祥正的这一联对仗还表现出了一种"奇巧"的趣味。具体来说,"蘋叶"乃是青萍之叶,也就是池塘中的浮萍之叶。在今天,有一句网络流行语"风起于青萍之末,浪成于微澜之间"与郭祥正的"风倾蘋叶乱"具有同一含义。这句话的意思是说,大风总是从吹动浮萍产生轻微移动的微风演变而来的,大浪总是从不易察觉的微小波澜演化而来的。而引申义则是指:后世所观察到的壮阔的历史事件、历史思潮,最初都是从人们不易察觉的细微之处发端的。这句话实际上也有其出处,那就是战国时代宋玉的《风赋》:"夫风生于地,起于青蘋之末。"蘋,为多年水生的草本蕨类植物,其茎横卧蔓生于水边的浅泥中,因叶柄长,四片小叶生长在叶柄顶端,呈"田"字状,故而又被称为"田字草"。而在郭祥正诗的这一联当中,"蘋"被换成了浮萍,也就显得更加细微、轻灵了。所以,"风倾蘋叶乱"正是体现了郭祥正的体物工细之处。而"雨重柳条低"则相对更容易理解一些,是在描绘柳条因沾满雨水而低垂的样子。在这一联中,出句是描写浮萍飘动之动态,对句则是描绘柳条低垂之静态。一动一静,相映成趣。诗人体物工细,所以描绘景物如在目前,颇得风雨中浮萍、垂柳自然之神理,也就借此传达出了一种奇巧幽微的妙趣之感。

而"颈联"的对仗工稳、严整之程度也并不亚于"颔联",在这里就不再予以一一分析了。这里重点解读此联中所出现的"金马""木鸡"这两个典故,以期剖析出郭祥正此联对仗的奇巧之处。"金马"是指"金马门"。在汉代长安城未央宫中有一处旁边放置青铜马雕塑的宫门。因汉代"金"往往兼指铜,所以此放置铜马之门,也被称为"金马门"。自汉代以后,"金马门"就演化成为专指内廷宫禁的典故了。比如北宋周紫芝《竹坡诗话》曾记载,曾几送汪藻赴京上任翰林诗云:"白玉堂中曾草诏,水晶宫冷近题诗。"而韩驹听说后将这句诗改为"金马门深曾草制,水晶宫冷近题诗"。这就更加生动形象地刻画出了宫禁之森严,也就表现出了自由出入宫禁起草诏书、题写诗句而无所阻碍的汪藻所受到的特别宠待了。因此,曾几将韩驹称为"一字师"。而"木鸡",则出自《庄子·外篇·达生》。纪渻子为君主驯养斗鸡,过了十天君主询问是否训成。纪渻子答道:不成,仍然是仗恃血气而虚骄的状态。又过了十天,君主再次询问是否已经训成。纪渻子仍答:不成,彼此对于对方的啼鸣和相互接近还有所反应。再过了十天,君主又来询问是否已经训成。他回答:不成,现在这些鸡彼此仍气势汹汹地相对。最后,又过了十天,君主第四次来询问斗鸡是否已经训成。纪渻子答道:基本成功了,"鸡虽有鸣者,已无变矣,望之似木鸡矣,其德全矣"。意思是说,即使有别的鸡叫,但是这些训练成功的斗鸡就好像完全没听见一样毫无反应,看上去就像用木头雕刻的鸡一样了。这样,这些鸡作为斗鸡的特性和素养就已经完全具备了。于是,这些像木鸡一样的斗鸡走上竞技场后,其他鸡"无敢应者,反走矣"。这也就是"呆若木鸡"这个成语的出处。之所以必须将斗鸡训练到"呆若木鸡"的程度，是因为只有这样，斗鸡才会全神贯注于奔、啄争斗，不会分散精力而轻举妄动，也才能赢得最终的胜利。虽然在今天"呆若木鸡"是一个带有贬义的词语，但在唐宋时期却并不完全是这样。比如白居易在《礼部试策》之三中写道："事有躁而失、静而得者，故木鸡胜焉。"意思是，只有沉下心来，才能考虑周详，避免纰漏。而浮躁则容易把事做错。因此，"木鸡"是一种制胜、成功的修身养性之术。也正因此，郭祥正在此诗的"颈联"中将"金马""木鸡"这两个典故联用为一体。意思是说，既然我没有能够蒙受出入宫廷的朝官这种荣宠待遇，那么我就应当像"木鸡"那样修身养性，澄净思虑，以便通过修养显现出更优越的人格风范、魅力。实际上，这也是对"达则兼济天下，穷则独善其身"这句话的另一个注解。然而，此意经郭祥正用"金马""木鸡"这两个相对的典故构成对仗表达出来，就显得十分巧妙而又别有一番深沉的意趣了。

综合上述的分析来看，在《晚望》一诗中，郭祥正体物工细，用词巧妙，化用典故自如而不着痕迹，使得这两联工稳的对仗洋溢出了奇巧的意趣感，也洋溢出了浓郁的"诗味儿"。

再来看这首《招孜祐二长老尝茶二首》其一：

无物滋禅味，来烹北苑茶。碾成云母粉，香溅碧松花。消渴梅何俗，安神术谩夸。清谈尝数椀，莫笑老卢家。

《招孜祐二长老尝茶二首》共有两首诗，这是其中的第一首。孜、祐二长老，即法号开头分别为"孜""祐"二字的两位高僧。"招孜祐二长老尝茶"，即邀请这两位僧人到郭祥正处品尝新茶。在这首诗中，"碾成云母粉，香溅碧松花"，是其"颔联"。"消渴梅何俗，安神术谩夸"则是诗的"颈联"。"颔联"中的云母，是一种名贵的矿物。在中国古代的道家传说中，云母粉是仙人时常服用的药饵。在广泛流传于世的"八仙"传说中，何仙姑就是服用云母粉而得道成仙的典型案例。相传何仙姑十四岁时，夜梦仙人教服云母粉，因而得以身轻如燕，飞腾往来于山崖峭壁之间而绝无坠亡之忧虑。因此，何仙姑得以在山间清修，最终羽化登仙。在这里，郭祥正是用"云母粉"来比喻碾茶后所得茶粉的性状。自唐代以来，碾茶而饮渐成风俗。当时人饮茶，并不像今天取片而饮，而多是用茶碾将茶压碎成粉末状，而后烹煮饮用。所以，郭祥正得以用"云母粉"来比喻茶粉的性状，为常见的茶粉平添了一种灵妙的色彩。而这一联对句中的"碧松花"，则是指松花粉。松花粉为马尾松、油松等野生松木干燥后的花粉，是常见的中药材。其色淡黄，质地润滑，用来比喻茶粉也是非常恰当的。由此可见，在这首诗的"颔联"中，郭祥正分别用了"云母粉"和"碧松花"这两种名贵的药饵，来比拟新碾茶粉的性状、色泽与质感，为其平添了一层神奇灵妙的色彩，给读者带来了一种新奇巧妙之感。

接下来的"颈联"——"消渴梅何俗，安神术谩夸"，则是围绕梅来写。引出梅，则是为了将其与茶形成对比。"消渴梅"，即出于"望梅止渴"的典故。"消渴梅何俗"，即是说望梅止渴已经是众口相传不新鲜的俗事，相对于碾茶煎茶来说不值得一提。"安神术"则是代指乌梅。接近成熟的梅子被晒干则成为乌梅，是一种以安神功效而著称的中药材。在这里，郭祥正以"消渴梅"和"安神术"对举，显然是以梅来反衬茶，以便突出茶对于养生保健的卓绝功效。

然而综合来看，郭祥正的《招孜祐二长老尝茶二首》其一连用三个典故、四味药材组成两联对仗，就非常巧妙地表现出了"茶"清灵妙秀的品质，令人读来妙趣横生，含蓄蕴藉，富有巧思奇趣。

当然，能够反映郭祥正对仗之奇巧工丽的诗篇并不止上述两首，其他还有很多，比如下面这首《雨怀安止三首》之一。

　　春雨淫难霁，春山阻俊游。绿迷芳草恨，红湿落花愁。古剑空弹铗，疏帘懒上钩。何当生羽翼，一日似三秋。

这是一首为感怀友人而作的五言律诗。其诗题中的"安止"，即陈安止，是郭祥正的一位好友。这首诗的"颔联"是"绿迷芳草恨，红湿落花愁"；"颈联"是"古剑空弹铗，疏帘懒上钩"。"绿迷芳草恨"，意在表达碧绿草地令人心头升起的无限愁思。这种"恨"，实际上是一种离别之情。白居易著名的《赋得古原草送别》一诗的后半部分即为："远芳侵古道，晴翠接荒城。又送王孙去，萋萋满别情。"这里就是借无边的草色表达一种离别的愁思意绪。而郭祥正在《雨怀安止三首》之一的"颔联"中，富有创意地选用了一个"迷"字，就把这种因芳草萋萋而引发的离别之思抒发到了极致，表现出了一种因怀念远方故人而神思惝恍的意境之美。而对句中的"红湿"二字，则是指雨后的花朵。由于红花沾上了层层雨水，所以诗人自古就习惯于用"红湿"两字来加以形容。比如杜甫的《春夜喜雨》中就有"晓看红湿处，花重锦官城"的句子。在这里，郭祥正用了"红湿"来形容落花，则更是别有一番意趣。因为"湿"字在一定程度上也象征了人的眼泪、泪痕。用"红湿"来形容落花，就好比写出了人垂泪的情状一样。令人读来感觉仿佛带雨的落花也在为人的离别之情而流泪饮泣似的。凭借这"红湿"二字，郭祥正非常巧妙地把自己的感情投射到了外物——花儿身上去了，令花也染上了一层浓郁的情感色彩，从而为表达离情别绪营造出了适宜而又浓郁的氛围。

　　综观本诗的"颔联"，诗人从描写花草切入，但又不局限于写花草的外在形态，而是利用"绿迷""红湿"等富有色彩感的词语，将自身的情感自然而又巧妙地投射到了花草等外物身上，令原本无情的花草皆染上了诗人主观的感情色彩。这就正好印证了国学大师王国维在其《人间词话》中所提出的观点："以我观物，故物皆着我之色彩。"而这首诗的"颔联"，也正是凭借"物皆着我之色彩"的"以我观物"之原理、方法，而深化了情感的表达，营造出了深远窅眇而又迷离惝恍的意境。

接下来的"颈联"，则又化用了一个典故，即"弹铗"。"弹铗"出自《战国策·齐策四》中所讲述的"冯谖客孟尝君"的历史故事。冯谖是齐国的一位贫士，往见孟尝君求为门客。因其自言无所不能，所以虽然孟尝君宽容地收留了他，但左右下人却看不起他，只肯给他供应蔬菜充当膳食，而绝无荤腥鱼肉。所以，冯谖常常倚靠着柱子，敲弹着宝剑柄，长啸作歌称："长铗归来乎，食无鱼。"这里的"铗"意为剑柄。冯谖歌词的意思是：既然在孟尝君这里仍然吃不上鱼肉佳肴，那么我还是带着剑柄（代指长剑本身）回家去吧！左右下人把这一情况反馈给孟尝君。孟尝君再次宽容地指示：让冯谖在饮食方面享受和门下其他宾客同样的待遇。不久，冯谖又再次倚着柱子，敲弹剑柄唱歌云："长铗归来乎，出无车。"其意在抱怨没有可乘坐的车辆，待遇仍不及孟尝君门下其他宾客。左右下人再次将此情况向上汇报，孟尝君又指示，为冯谖配备专用车辆，令其在出行方面等同于其他门客的待遇。于是，冯谖坐着车子，佩带长剑，一一访问过去的朋友，向他们表示：孟尝君真的把我作为宾客来看待了啊！然而在一年之后，冯谖又开始弹铗而作歌云："长铗归来乎，无以为家。"意思是，在这里仍然没有办法养家糊口，我还是带着长剑回去吧！这时，左右下人都认为冯谖一再得到满足而又一再不以为自足，实属贪得无厌，因而对其备感厌恶。只有孟尝君听说后召见冯谖，听说其家有老母，于是供给资财，代其奉养。于是，冯谖就不再弹铗而歌了。此后，冯谖为孟尝君"市义于薛"，营"三窟之计"，使孟尝君逢凶化吉，得以安稳自足，终于报答了孟尝君的知遇之恩。鉴于这段历史故事中冯谖弹铗而歌的自信心态和傲岸人格，后世就习惯于用"弹铗"来比喻怀才不遇的心境了。当然，《雨怀安止三首》之一"颈联"出句中援用"弹铗"的典故，也是意在抒发自身无人赏识、怀才不遇的愁闷情绪。至于对句中的"疏帘懒上钩"，则并无典故可因，只是直言因心灰意懒而无意挑起帘钩、拉开帘幕来欣赏外边的风景了。

综观本诗的"颈联"，郭祥正化用"弹铗"的典故，用剑铗和帘钩这两件细小的事物对举，就非常自如而又含蓄地抒发了自己怀才不遇的疏懒心境，也同样在字面的对仗之下隐伏了一层巧妙的意趣，也因此而较容易引发读者的情感共鸣。

除此之外，郭祥正近体诗中的"对仗奇巧"之处，还体现在下面这首《和君仪感时书事》中。

> 海角逢春仔细看，一番莺燕展轻翰。约风柳带金争软，着雨梨花玉斗寒。陇笛不知何处咽，秦筝着意为谁弹。留郎更赋多情曲，直欲豪华将杜坛。

与《雨怀安止三首》之一类似，这首《和君仪感时书事》也是一首郭祥正为感怀友人而创作的七言律诗。其题目中的"君仪"，即留定，是郭祥正与陈安止共同交游的一位挚友。这首诗的"颔联"是"约风柳带金争软，着雨梨花玉斗寒"；"颈联"是"陇笛不知何处咽，秦筝着意为谁弹"。

在"颔联"中，"柳带金"和"梨花玉"形成了工稳的对仗，而且字面华丽，相映成趣。"柳带金"，是指刚刚发芽的柳丝呈嫩黄色，宛若金色之美好妙曼。在古代诗词中，观察力敏锐的诗人们就常常用金色来形容柳枝。比如，白居易在《杨柳枝词》中写道："一树春风千万枝，嫩于金色软于丝。"此处的"千万枝"，即指洛阳永丰园中刚刚发芽的无数条嫩柳枝。整句诗的意思是说：这无数条柳枝，比金黄的颜色要略显鲜嫩，而迎风飘拂的姿态仿佛比游丝还要婀娜细弱。这就生动形象地状出了柳丝的色彩与情态，令人宛若身临其境，心生爱怜。在《长安春》一诗中，白居易还写下了"青门柳枝软无力，东风吹作黄金色"的佳句。不仅是白居易，其他诗人也多有用金色来形容柳枝的用法。比如李白《早春寄王汉阳》一诗中就有"昨夜东风入武阳，陌头杨柳黄金色"的描写；他在《宫中行乐词八首》其二和《古风五十九首》其八中也分别留下了"柳色黄金嫩，梨花白雪香"以及"咸阳二三月，宫柳黄金枝"的句子。另外如王安石七绝《雪乾》中有"换得千颦为一笑，春风吹柳万黄金"的名句，辛弃疾的《青玉案·元夕》和冯延巳的《鹊踏枝》这两首词中也分别有"蛾儿雪柳黄金缕，笑语盈盈暗香去"以及"六曲阑干偎碧树，杨柳风轻，展尽黄金缕"的生动描写。由此可见，在中国古代诗词中，以金色来比喻柳枝，是具有其悠久传统的。

　　不仅是古代诗人，现代诗人中也不乏以"金色"来形容柳枝者。比如徐志摩就在其名作《再别康桥》中写道："那河畔的金柳，是夕阳中的新娘；波光里的艳影，在我的心头荡漾。"在这里，诗人仍然以辉煌的金色来描写康河边的柳丝，并将其比喻为婚礼上盛装的新娘，不仅状物生动，为后文的抒情埋下了伏笔，同时也显示了新体诗与中国古代文化传统的一脉相承之处。

　　由此可见，郭祥正用"金色"来比喻柳条，正是从我国古典诗词的文化传统引申而来，也非常契合宋代"江西诗派""无一字无来处"的"点铁成金"之法。至于对句中的"梨花玉"，则是用洁白的美玉来比喻梨花，也非常符合我国传统诗学的审美习惯。这样一来,"柳带金"和"梨花玉"这两个具备鲜明色彩性的短语巧妙地构成了严整、工丽且富有视觉冲击力的字面,令读者恍如身临其境从而达成了卓出意表的写作效果。

本诗中的"颈联"——"陇笛不知何处咽,秦筝着意为谁弹",则又化用了两个典故,分别是"陇笛"和"秦筝"。此联出句中的"陇笛"即为"羌笛"。顾名思义,"羌笛"即为古羌族所制的笛类乐器。然而,虽然"羌笛"名为"笛",但其形制与今天常见的普通笛子却有着很大的差异。根据东汉马融《长笛赋》"近世双笛从羌起……故本四孔加以一"的描述来看,古"羌笛"实为双管四孔的体鸣乐器,和今天常见的单管六孔(仅就音孔而言,加出音孔、吹孔、膜孔等则为十二孔)笛在形制上是存在很大差异的。在唐宋时期,"羌笛"一般为边塞地区所用乐器,并不用于朝廷正乐、雅乐的演奏,故而王之涣《凉州词》有"羌笛何须怨杨柳,春风不度玉门关"的佳句。由于古羌族最早分布在今甘肃、宁夏交汇处的陇山地区以及陇山以西今甘肃省东部的陇西郡一带,故而"羌笛"又被称为"陇笛"。汉代乐府"横吹曲辞"二十八解中有《陇头》(又名《陇头水》)一曲,就可能是"羌笛"即"陇笛"所奏之乐曲。正因"羌笛"与陇地存在如此渊源,所以后代诗人就常用"陇笛"来代指"羌笛"了。比如韩愈在《和崔舍人咏月二十韵》这首诗中写道:"郡楼何处望,陇笛此时听。"即是以"陇笛"代指"羌笛"的显见例证。至于对句中的"秦筝",则是对今天广泛流行的"古筝"这一乐器的另一种称谓。据音乐史学研究者考证,筝最早起源于春秋战国时期的秦地,即今甘肃东南部、陕西西部乃至关中一带。战国末期李斯在《谏逐客书》中写道:"夫击瓮叩缶,弹筝搏髀,而歌呼呜呜,快耳目者,真秦之声也。"意思是说,秦人习惯于叩击着陶瓮瓦缶作为伴奏,一边弹筝一边拍打着大腿跳舞,同时嘴里还吹出"呜呜"的口哨声,借以娱心骋怀,这就构成了上古秦地音乐活动的真实风貌。所以,"秦筝"就像"陇笛"一样,指出了乐器本身的发祥之地。而在本诗的"颈联"中,这两件乐器的名称相对举,就在无形中把读者的思绪带回了它们所各自发祥的历史时期,也就非常巧妙地为诗句布设了深远的历史时空背景,令读者在悄然不觉中生发出思古之幽情,从而更深刻地体会到"颈联"所抒发之离愁别绪的细致幽微之处。

纵观上文所列举的这几首律诗,郭祥正或是极尽描摹状貌之能事,或是选取饱含色彩性的词语来加以修饰,或是化用典故,或是引用别称,在律诗的两联当中造就了工稳、严整而又奇巧、流丽的对仗形式。这不仅有效地强化了对读者的视觉吸引力和冲击力,而且也为诗歌的抒情达意营构了深远的时空背景,这都达成了拓展诗歌意境、凸显含蓄蕴藉品格的效果,从而令读者在阅读过程中比较直观地体验到了蕴含在对仗两句之中的奇巧和妙趣,获得别致的审美体验,从而强化、彰显了诗歌的魅力。

第三节 字面奇丽

在古代诗词中,"字面"一词通常具有双重含义。其一,是指文字表面的含义;其二,是指文句中的"字眼"。而"字眼",一般就是指文句中精要的字词。在诗句中,一处字词精警,则能为全句注入灵魂、神采,而令全句乃至全诗增色不少。所以,诗歌中的字眼或称字面,也是不容忽视的一项要素。而郭祥正素有"太白后身"之美誉,其自身也常以"李白再世"而自许。所以,郭祥正的诗歌创作也有意无意地向李白诗作看齐,创作出了许多雄奇豪迈、瑰丽壮阔的篇章。而这里所说的"奇"字,则主要是对其诗歌作品字面之"奇丽"而言的。

"奇丽"一词,也具有两重内涵。其一,是指"丽",指代事物的一种特有属性。即特定事物因其美好、鲜艳而能够充分激发出人的审美情趣，为欣赏主体带来丰富而深刻的审美感受。其二，是指在"丽"的基础上所表现出的"奇"。意即事物所表现出的美好，是一种不循常规、出人意表的奇特之美好属性，能够给人带来新奇、别致、不同寻常的审美体验，从而留下特殊而又深刻的审美印象。所以，综合来看，"奇丽"就是指代一种新奇、别致、不同寻常的审美风格、范式。

在中国古代诗歌史上，李白素因其"飘然思不群"而善于写作奇丽的诗章，而郭祥正因追慕李白为人而有意无意地模拟其诗法、诗风，所以也创作了许多字面奇丽的篇章，形成了一种新奇流丽的风格。比如，下面这首《宣诏厅歌赠朱太守》就集中表现了这种奇丽的字面。

使君心画天下无，构厅宣诏西南隅。晓光初散射檐楠，夜气欲合吞江湖。甓甃摩挲滑瑶玉，重窗窈窕明青朱。胡生画手出前辈，素壁为写巫山图。一条江练澄碧落，十二峰色峨珊瑚。元猿老虎啸仿佛，长松瘦石寒扶疏。中间皓鹤最恬淡，九霄独立形神孤。君去班春劝耕稼，君归命客同欢娱。三冬垂帘醉春瓮，六月静坐临冰壶。巴笺血色洒醉笔，五字七字排玑珠。和风匝地怨气灭，险吏缩手穷氓苏。地随人盛古今好，姑孰自此为名区。君不见滕王阁庾公楼，樽罍千载夸风流。又不见宴寝一诗尚不灭，至今人道韦苏州。噫吁嚱，四座勿歌听我歌，宣诏之名君谓何。守臣不壅帝王泽，六合长静无干戈。

郭祥正《青山集》中提及朱太守的作品主要有三首，其一为《姑孰堂歌赠朱太守》，其二就是本篇，其三为《凌歊台呈同游张兵部朱太守》。其中，《凌歊台呈同游张兵部朱太守》一诗描绘诗人自己同张兵部、朱太守两位贵官同游当涂县城关凌歊台古迹的情景。凌歊台为南朝宋孝武帝所建避暑离宫，到了北宋时期已成为700多年前所建造的名胜古迹了。又因此台坐落于郭祥正的家乡当涂县，所以郭氏正好以东道主的身份邀请两位贵官同游家乡胜迹，于是就创作了《凌歊台呈同游张兵部朱太守》这首诗作。在该诗的开始处，郭祥正开门见山地点出了两位贵官的身份："江东使者武陵仙，姑孰太守南都贤。"由此可见，这位朱太守确为苏州太守无疑。而这位朱太守所建的宣诏厅，也必然位于姑苏城内。宣诏厅，是宋代官府的一种常见的设施，其用途就在于宣读皇帝的诏、旨。正因如此，宣诏厅也必须修建得富丽堂皇。而郭祥正笔下朱太守所建的这座宣诏厅，正是同类建筑中的经典之作。郭祥正描写这座宣诏厅，首先是从晨景入手的。"晓光初散射檐桷"，即可令读者真切地想象清晨太阳初升之际，光华四射而映照在宣诏厅弯弯的拱檐之上的动人场景。接下来笔锋一转，又写到了夜晚的宣诏厅，描绘出了在夜色中厅堂凭借水汽而与姑苏城外的长江、太湖融为一体的深远杳渺之景象。

"甓甃摩挲滑瑶玉"中的"甓甃"指砖墙。此砖或为青砖，或为白砖，皆可用青玉或是白玉来加以比拟。因此，郭祥正在本句中就是将宣诏厅的四壁砖墙比喻成了宛若瑶台仙境的玉砌之墙壁，为这宣读诏旨的所在平添了一种华美的色彩。如果说用玉来比喻砖墙，尚属宋人诗作的惯性思维的话，那么，下一句中的"重窗窈窕"则属于精警的神来之笔了。"窈窕"一般比喻少女美好的身姿。但在这里，郭祥正却用"窈窕"来比喻"重窗"，是因为这"重窗"之上绘有鲜艳靓丽的图画，宛若少女华美的服饰或者美好的身姿一般。用"窈窕"来修饰"重窗"，就是采用拟人的修辞手法赋予了这座宣诏厅以"活"的灵魂，也就是把一座建筑写"活"了，让人感受到了这座宣诏厅华美、优雅的内在气质。所以，这首诗中的"窈窕"一词可谓是精警、奇丽的字眼。它并不循规蹈矩，而是别出心裁，采用发散性的思维引用"窈窕"一词，把少女那种华美、含蓄、优雅、明媚的风神、气韵注入了砖瓦所构建的宣诏厅当中，使后者也借此具备了"活"的风韵气质，令人读来备感真切。所以，这里的"窈窕"一词不仅状出了宣诏厅之华美，而且采用了一种不循常规、出人意表的拟人手法给读者带来了新奇、别致、不同寻常的灵动的审美体验，故而可称为精警、奇丽的字面。

而其后的"一条江练澄碧落，十二峰色峨珊瑚"之句，用璀璨华美的珊瑚来比喻胡生所绘壁画《巫山图》中的景色，同样是采用新奇而又不循常规的比喻手法，写出了三峡地区巫山十二峰独特的瑰奇绚烂之美，也令读者获得了不同寻常、别开生面的新奇审美体验。所以，"十二峰色峨珊瑚"也堪称郭祥正诗奇丽字面的代表性诗句。

如前文所述，郭祥正同李白一样以游山玩水为乐事，所以郭祥正《青山集》当中也留存有大量描写山水自然之美的诗作，同样表现出了奇丽的字面之美。比如下面这首《舒州使宅天柱阁呈朱光禄》，就是其中的代表之作。

群山奔来一峰起，千丈芙蓉碧霄倚。嫦娥却月愁推轮，王母呼烟结缯绮。分明有路金阙通，翠滑无尘玉壶洗。老松自作孤凤吟，骇浪时翻三井水。峨眉绝巅安足论，力不擎天亦徒尔。懊恼茂陵客，白日求攀天。遗坛犹在半芜没，隐约龙驭回瑶鞭。直至唐家六皇帝，梦感异境开重玄。真符预告后五百，佐佑宝历推鸿延。城头建阁旧丞相，窗户再新光禄贤。手携大笔恣吟览，老句气焰摩星躔。当时数赴范公辟，秀骨照坐谁差肩。功名自许出绝域，岁月漫往修途遭。丈夫有命岂嗟感，投老得地多云泉。霜柑正熟蟹螯美，白蚁旋漉浮金船。伊予困踬坐小邑，怅望珠履参华筵。祝公自此早归隐，幅巾藜杖诗中仙。

诗题中的"天柱"，即天柱山，坐落于今安徽省安庆市下辖之潜山市西部，为大别山余脉中的一座高峰、险峰，也是与黄山、九华山并称的皖南三大名山之一。这首诗，即是郭祥正与一位姓朱的光禄大夫同游天柱山的纪行之作。首句"群山奔来一峰起，千丈芙蓉碧霄倚"描绘天柱山在峰群中的显要位置。这一句以芙蓉（荷花）比喻高耸的主峰，显然是借鉴了李白在《送温处士归黄山白鹅峰旧居》一诗中描写黄山莲花峰的佳句"丹崖夹石柱，菡萏金芙蓉"的构思和用意。然而，郭祥正的诗句却有青出于蓝而胜于蓝之势。因为，他用了"奔来""起""倚"等动词，把山势的飞动之感鲜活地表现出来了。如果说李白"丹崖夹石柱，菡萏金芙蓉"之句纯然是对莲花峰的静态描摹，那么郭祥正诗则是用一连串动词，不仅状出了天柱山外在的雄伟奇崛的山势，而且传达出了这山势中所蕴含的内在的飞动之精神，也就把整座山的精神、气质写"活"了。可见，这首诗的首句同样是采用不循常规、别开生面的手法，可谓形神兼备，气韵生动，给读者带来了壮美、飞腾的新奇、独特之审美体验，也正体现了郭祥正诗句字面奇丽之独特美感。

接下来的"嫦娥却月愁推轮，王母呼烟结缯绮"一句，则援引神话传说来描写天柱山烟霞缭绕的瑰奇状貌。意思是说，天柱山的山形如同半月，这就好像是嫦娥无力推动月轮达于圆满而造成的；而天柱山间的烟霞，则好比是瑶池王母呼唤而来，像素练一样缭绕于群峰之间。由此可见，在这两句中，郭祥正引入神话传说人物来描写天柱山的山形以及山间缭绕的云霞雾霭，也就赋予了天柱山传奇般的神话色彩。这样，不仅写出了天柱山外在形貌的瑰丽多姿，而且传达出了内在精神的瑰丽灵秀，令读者不仅一览天柱山的"形之美",而且可以窥见天柱山的"神之秀"。因此可以说,这一部分同样是采用不同寻常、别开生面的写作方法,在状形貌的同时也传达出了天柱山内在的风韵神采,可谓形神兼备,也令读者兴起无限遐思,获得奇丽的审美感受。

下句的"分明有路金阙通,翠滑无尘玉壶洗",则是描写天柱山中的道路。句中的"金阙",未必是实指天柱山中的道观,也很可能是虚指天柱山山巅直通苍穹,已接近天宫之所在了。故而,此"金阙"很有可能是指天上的神仙宫阙。当然,最大的可能性还在于:"金阙"既虚指天宫,又实指山上的道观,有一语双关之妙。然而,该句中最为奇妙的却是后面的"翠滑无尘玉壶洗"。这里实际上是用"玉壶"来比拟通往"金阙"的山路。意思是说,天柱山的山路就好比"玉壶"的表面——它的两边长满了碧绿的山松和蕨草,宛若"玉壶"的翠色。而其山路又是阴阴湿润而毫无纤尘,宛若玉壶晶莹剔透的温润柔滑之质地。以"玉壶"来比喻山路,真可谓奇思妙想,出人意表,恐怕即使是李白也难以生出如此巧思。然而,郭祥正在这里以"玉壶"比喻山路却还有着更深的寓意。因为,在道教观念中,"玉壶"往往是盛放丹丸的器具。道士炼丹完成后,即将金丹存放在玉壶之中。所以,用"玉壶"来比喻山路,并不仅仅是着眼于两者外在形态上的相似之处,更是意在营造一种整体的道教文化环境与氛围。当这种道教的文化氛围被营造出来后,就能够将诗歌后半部分所提及的"半芜没"之"遗坛"、"预告后五百(年)"之"真符",作为有机的意象融入天柱山的整体意境当中去,从而赋予天柱山以神秘的灵秀之色彩。这时,读者根据诗歌字面语言的引导,去品味唐朝皇帝梦境中显现天柱异境而将该山敕封为道家圣地的传说,就不再是空无依傍,而是有根有据,真切可感了。所以,凭借一句"分明有路金阙通,翠滑无尘玉壶洗",郭祥正就巧妙地联结起了天柱山的自然和人文,现状与历史,从而把读者带入一个充满道教历史文化氛围的幽深意境当中去了。这样，读者不仅能从字面上感受到天柱山的素洁，而且能感受到一种深厚的历史情结，从而引发无限的想象和联想，产生幽远的心音共鸣。正是从这个意义上，郭祥正自铸伟词，不仅写出了天柱山路两侧秀丽的景色，而且营造了隐含在这秀丽山色背后的幽远意境，为读者带来了新奇而又深远的审美体验。因此，可以说郭祥正在此诗中凭借奇丽的字眼，因"奇"而制"丽"，达成了别开生面、出人意表的写作效果。

上文主要是援引郭祥正的古体诗来展示其奇丽的字面，然而，《青山集》中占据五分之二篇幅的近体诗，在营造奇丽字面、表现新奇写作效果方面也同样不遑多让。下面就以郭祥正的《阮希圣新轩即席兼呈同会君仪温老三首》为例，来尝试探析其近体诗所表现的字面奇丽之处。

其一

阮轩要客暮春时，淡荡晴丝日正迟。出屋花光红玛瑙，隔湖山色碧琉璃。老榕垂干侵疏箔，新鸭呼雏过短篱。我欲高吟还阁笔，坐中留蔡总能诗。

其二

海边邂逅禁烟时，选胜携壶不可迟。日射山光如琥珀，水涵天影似琉璃。蝶随柳絮翻罗幕，人并桃花映竹篱。却忆绿槐阴下坐，曾寻宫叶为题诗。

其三

谁怜龃龉老明时，把酒寻春已恨迟。舟漾绿波飞舴艋，烟笼青瓦湿琉璃。狂嗟李白驱鲸海，醉笑陶潜倚菊篱。争似隔林闻一曲，与君重赋杜秋诗。

从上文所展示的诗作来看，《阮希圣新轩即席兼呈同会君仪温老三首》属于七言律诗。题目中的阮希圣，字师旦，是作者的一位友人，郭祥正与其多有交游唱和。而君仪即留定，温老即蔡温老，也都是郭祥正之友人。至于新轩，笔者推测为阮希圣园林中新落成之轩舫。郭祥正《青山集》中另有名为《阮师旦希圣彻垣开轩而东湖仙亭射的诸山如在掌上予为之名曰新轩盖取景物变态新新无穷之义赋十绝句》的诗作，此外北宋另一诗人刘浚亦有《题阮师旦东湖轩》之诗。可见，在北宋时期的苏皖一带，阮希圣是一位以园林轩舫而著称于世的士大夫。很多文人墨客在其轩舫中雅集谈宴，临席赋诗，堪称"文化沙龙"。而郭祥正的《阮希圣新轩即席兼呈同会君仪温老三首》，则是在阮希圣新落成之轩舫中雅集开宴的席间所赋之作。当然，同席者还有留定、蔡温老这两位友人。

这三首诗虽然是在园林中的小轩宴席中写就，但丝毫不妨碍郭祥正凭借飞动的深思，选取壮阔、奇丽的字眼来描绘出瑰奇的意境。首先来看第一首。第一句的"暮春"点明了时令，并以"晴丝"来引出宴会当日的天气，为全诗的展开设置了适宜的时令背景。而该诗的颔联"出屋花光红玛瑙，隔湖山色碧琉璃"则展示了全诗中最为奇丽的字面。郭祥正以"红玛瑙"比喻屋外盛放的红花，用"碧琉璃"来比喻轩舫所面临的小湖以及湖对岸青翠的山色。这两个词语都极具色彩感和视觉冲击力，将红色的花丛、碧绿的池水描绘得色彩绚烂，令人读罢如在目前。接下来的"老榕垂干侵疏箔，新鸭呼雏过短篱"，则又描绘了一幅生意盎然的清新画面：榕树已生长至少百余年，所以垂下无数的榕须（气生根）已伸入到了小轩的帘幕之间，而野鸭正在带着一群雏鸟游过短短的樊篱。这幅清新的画面提示读者：春天的气息已充满阮希圣新轩及其周围的每一个角落，随处可以感受到盎然的春意。所以，该诗的"颔联"以奇丽华美取胜，而"颈联"则以清新脱俗的画面与之形成映照，华丽和清新共同描绘出了一幅"新轩春景图"。

《阮希圣新轩即席兼呈同会君仪温老三首》这组诗的第二首，开篇点出地点和时令："海边邂逅禁烟时"。这说明阮希圣的园林位于海滨，而众人在其新轩聚会的时节，则是寒食前后。寒食为上古延续下来的节日，约在清明节前一两日。为了纪念因拒绝出仕而被晋文公焚山逼迫抱树而死的隐士介子推，古人规定寒食日不得生火做饭，所以诗中将寒食日称为"禁烟时"。

接下来的"颔联"，将太阳映照下的群山景物比作琥珀中的动物遗骸，把映照蓝天的水面比作一面碧绿的琉璃镜。这些比喻，字面都非常华丽精美，而且本体和喻体的对应关系也显得新巧别致，仍然恰如其分地彰显出了其诗歌字面的奇丽本色。

至于这组诗歌中的第三首，其颔联为"舟漾绿波飞舴艋，烟笼青瓦湿琉璃"。可见，这三首诗，每首都是步前韵而创作的。这一联中的"舴艋"，并非是指昆虫"蚱蜢"，而是指宋时一种细长如蚱蜢的小船——"舴艋舟"。由于船体细长，阻力较小，所以"舴艋舟"行驶速度普遍较快。这也是诗中称之为"飞舴艋"的由来。而承载着这飞驰的"舴艋舟"的，则是荡漾的绿波。这飞驰的"舴艋舟"不断劈开碧绿的水面，就好像把一池绿色的纱绸揉皱搅碎了一样，不禁令人想起宋祁的名句"东城渐觉风光好，縠皱波纹迎客棹"。而青苍色的瓦上笼罩一层淡淡的水烟，凝结出了一层湿漉漉的露珠儿，变得像琉璃瓦一样苍翠美丽。而这也正好赋予了诗歌颈联以奇丽的字面。它不仅状出了碧绿水面在舴艋舟的冲击之下光影凌乱的美丽情状，描绘了苍青色瓦在薄雾水烟笼罩下润泽缥缈的幽美情境，而且是用动态来衬托静景，用名贵的琉璃来比喻青瓦，可谓是别出心裁，用词精警，出奇制胜。在描绘的景物之

"丽"的基础上，又平添了一种新奇的意味，从而彰显出了郭祥正诗字面奇丽华美、新奇精巧的特点。

综上所述可见，郭祥正在古歌行以及近体诗的创作过程中，都注重引入新奇的比喻、拟人等修辞创作手法，不仅极写外在景物之美丽情态，而且也传达出了一种新奇精警的意味，给读者带来了别开生面、不落俗套的审美感受，同时也尽显作者写作之深厚功底。

第四节　择韵自如

中国古典诗歌不光讲求风神韵致，更讲求形式的和谐之美，尤其是在六朝起步而定型于唐代的律诗，更是将形式的雕琢发挥到了极致，形成了迥异于前代的完美诗歌体式。律诗讲求意义的排偶和声音的对仗皆源于辞赋的影响，此有专文论说，毋庸赘言。而韵部的选择也是诗人在创作中所要考虑的。声韵、词采和意象是诗歌外部形式建构的三大重要元素，这三大方面在诗歌的外部层面相互交融，加以诗人性灵的调和，而形成整首诗歌的精神风韵之美与外部形式之美。

郭祥正所创作的诗歌，形式和内容极为丰富。仅就体式而言，他的诗歌包括楚骚体、歌行体、五言古诗、七言古诗、杂体古诗、五言律诗和七言律诗等。其用韵自如的特点均在这些体式中展现得淋漓尽致。关于诗之择韵，需要强调的是，诗歌讲求声韵之美，并且注重诗句的节奏和韵律，这是诗歌这种文体形式区别于散文、小说等文体的最显著的特质。诗歌自产生之日起便与音乐密不可分，它脱化于诗、乐、舞三者同源的结构中，故而"声依永，律和声"。至唐宋诗，诗歌的音乐性和韵律性仍然兼备，有些甚至具有可和乐而唱的性质。

押韵是诗歌这一体式的本质要求，且不同的韵部具有不同的声响和感情，继而具有不同的艺术表现力和情感张弛力。因此，诗人创作诗歌并进行韵部的选择时需要充分考虑诗歌的体式和情感表现的内容。这样，诗人择韵时，通过选择押不同的韵，而使诗歌的思想感情、情感表达和艺术呈现产生不同的审美效果。毛先舒《诗辨坻》云："诗必相韵，故拈险俗生涩之韵及限韵、步韵，可无作也。"他认为诗人作诗选韵时有些韵部的韵字很窄，可供选择的韵字较少；有些韵字声音沉闷而不流畅，读来拗口而不协调；有些韵字则较为惯用，诗人选韵普通，失掉了新鲜感。这些韵字在创作时都要谨慎使用，甚至不能使用，以免使诗歌的声韵落入平庸，而影响情感和艺术的表现。我们读唐人诗歌，尤其是注重"晚节渐于诗律细"的杜诗，更能体会到用韵的重要性，杜诗重诗之章法的锻造，其句法之高妙、章法之高超、词法之细密都无出其右，以至于杜甫之后的诗人皆学杜宗杜，有的直接学杜，有的则间接通过李商隐、王维、白居易等人学杜，路径不同，而殊途同归。我们读杜诗，尤其是其五七律时，总能感受到其诗歌的声韵之美对诗人情感的表达、意境的呈现和风格的生成有着不可或缺的作用。北宋诗人郭祥正的诗歌整体呈现出以其高超的诗歌艺术和技巧，形成了用韵自如的特点。下文引征具体诗例，以更为清楚地考察其诗歌择韵自如的特点，并阐释其用韵自如这一特点对其诗歌情感表达和风神营造的作用及价值。

一　古体诗的用韵

郭祥正的诗歌用韵自如体现在其诗歌的各种体式上，如其著名的歌行体代表作，《云月歌》其二。

月下听吟云月歌，歌声寥亮舞婆娑。劝君一酌千万寿，今宵云月情偏多。不知云月谁为主，愁看月落云飞去。愿如明月有圆时，不学白云无定处。

第一韵段押"歌""娑""多"，这是属于舒声韵的阴声韵的歌部，用韵十分贴切，将这几个涣散之音，联络贯串，读起来朗朗上口，更让人感觉诗人挥洒自如，诗歌节奏和谐。再如其《潜山行》。

笑别姑孰州，来作潜山游。潜山闻名三十载，写望可以销吾忧。晴云如绵挂寒木，广溪镜静涵明秋。山头石齿夜璨璨，疑是太古之雪吹不收。信哉帝祖驻銮跸，异景怪变谁能求。若非青崖见白鹿，安得此地排珠楼。群仙长哦空洞绝，绿章封事乘虚辀。灵鸟盘旋老鹤舞，华灯散采祥飙浮。噫吁嚱，汉武登坛求不得，明皇夜梦推五百。宁知司命抱真符，为宋真人开社稷。诏书数下修琳宫，殿阁缥缈平诸峰。六朝德泽施愈远，九天福祐来无穷。君不见潜山之下，潜水之涯。菖蒲有九节，白术多紫花。采之百拜献君寿，陛下盛德如重华。

第四韵段押"花"和"华"，均属于麻邪部中的平声麻韵，诗歌本是歌行体，歌行体诗歌是初唐时期在汉魏六朝乐府诗的基础上建立起来的，初唐时期刘希夷和张若虚是这种体裁的开创者，歌行体的形式比较自由，句子长短不一，用韵多变，但是这首诗在第四韵段依然押平声麻韵，显示出诗人用韵方面高超的技巧。再如其《补易水歌》。

燕云悲兮易水愁，壮士行兮专报仇。车辚辚兮马萧萧，客送发兮酌兰椒。击筑兮喑咽，歌变徵兮思以绝。易水愁兮燕云悲，四座伤兮皆素衣。歌复羽兮慷慨，发上指兮泪交挥。又前为歌曰：风萧萧兮易水寒，壮士一去兮不复还。

以"愁仇"和"萧椒"通叶，"愁仇"属于侯尤部，而"萧椒"属于萧豪部，这种现象在宋代的其他诗人那里也有出现，究其原因可能是受到了当时安徽方言的影响。再如其《醉歌行》。

明月珠，不可襦，连城璧，不可铺。世间所有皆虚无，百年光景驹过隙，功名富贵将焉如。君不见北邙山，石羊石虎排无数。旧时多有帝王坟，今日累累蛰狐兔，残碑断碣为行路。又不见秦汉都，百二山河能险固，旧时宫阙亘云霄。今日原田但禾黍，古恨新愁迷草树。不如且买葡萄酷，携壶挈榼闲往来。日日大醉春风台，何用感慨生悲哀。

其中"铺"押七遇；"如"押六鱼；"数"押七遇；"路"押七遇；"霄"押二萧；"树"押七遇；"来"押十灰；"哀"押十灰。其中第一韵部属于模鱼部中的虞部。从这首诗中我们也能看到郭祥正在用韵方面的挥洒自如。

二　近体诗的用韵

郭祥正不仅在古体诗中用韵自如，在格律更为严格的近体诗中他同样如此。从数量上看，郭祥正的五言律诗共 196 首之多，其用韵同样谨严有法，如《深夜》。

四天垂翠碧，一水湛星辰。寂寞殊方夜，漂流叶片深。帝乡劳梦想，客路只风尘。钟鼓还催晓，深惭钓渭滨。

全诗结构十分严谨，选用的意象也十分独特，同时用姜子牙渭水之滨的典故，感情真挚。在用韵方面也是如此，全诗格律十分严谨，其中韵脚"辰""深""尘""滨"等字都十分合韵，读起来朗朗上口，便于吟诵。再如《冬夜泊金山》。

> 寒野云阴重，新冬客意忙。道途无处尽，岁月有时长。流落随江海，崩腾避雪霜。还投白莲社，清净万缘忘。

首联第一句点明题目，以"寒"字扣住题目中"冬"字，完成出题的任务。第二句领起中二联，中间两联对仗工整，寓情于景，尾联宕开，自然转入抒情。此类登览或夜泊诗，大体结构定型，此诗尤为明显，首联出题，中二联写景，尾联抒情。最后一联宕开的问题，杜甫之前的五律大抵皆是前三联写景，而最后一联抒情，此种模式，是诗人无意为之；杜甫之后的五律，最后一联宕开而抒情，便是诗人有意雕琢了。这主要是为了解决两方面的问题，一是全诗收不住的问题，二是结尾气弱的问题。这首诗尾联抒情而含有禅意，气势虽然弱，但大体与前一部分相称。此诗的用韵择下平声的阳部，此韵部韵字较多，可供选择的余地较大，可见诗人对韵部把握之精准和择韵之收放自如。同时这一韵部也对本诗景象的描写和情感的抒发起到了推动作用，是诗人择韵自如的一个例证。

第五节　虚字传神

"虚字"，在古代汉语中大致有两种分类方法。其一是以马建忠所提出的以"有无实义"为判断标准。马建忠在其训诂著作《马氏文通》中提出："凡字有事理可解者，曰实字。无解而惟以助实字之情态者，曰虚字。"马建忠在这里所说的"有事理可解"，即是说如果字（词）具有实际的含义，可称其为"实字"；反之，若无实际含义，则称之为"虚字"。马建忠的观点可上溯到唐代孔颖达之《毛诗正义》。在《毛诗正义》中，孔颖达提出："'之'、'兮'、'矣'、'也'之类，本取以为辞，虽在句中，不以为义，故处末者皆句上为韵。"意思是说，《诗经》中"'之'、'兮'、'矣'、'也'"之类的助词，只是为了叶韵才使用，并不具备实际的含义，所以并不能够和具备实际含义的词（实词）等量齐观。在这里，孔颖达虽并未明确提出"虚字""实字"的概念，但其说法却已经隐含其义。后世部分训诂学家沿用孔颖达说，至晚清马建忠则汇总历代各家说法，在《马氏文通》中明确提出了"以是否具备实际的词义"来判断实字、虚字的标准。这种观点和今天现代汉语中划分实词、虚词的标准基本一致。所以，如果按照这一标准来判断的话，则可将古代汉语中的虚字定义为：没有实际含义，但具有一定语法功能的词汇，即仅具有语法意义而不具备实际意义的一类词汇的总称，大约相当于现代汉语中的"虚词"。

因为古汉语多为单音节词，一个字就可担当现代汉语一个词的语法功能，所以，古代汉语中的"虚词"也就被简称为"虚字"了。这些"虚字"，主要分为副词、介词、连词、代词（王力《中国现代语法》一书将代词归类为"半虚词"）、叹词、助词等几个主要的种类。其中常见的代词"虚字"包括"而"（尔）、"何"、"其"、"乃"、"然"、"若"、"焉"、"之"、"莫"等；连词"虚字"包括"而"、"其"、"且"、"然"、"若"、"以"、"因"、"与"（欤）、"则"、"即"等；助词"虚字"包括"而""乎""然""所""焉""也""矣""与""者""之""为"等；副词"虚字"包括"何""乃""其""且""则""即"等；介词"虚字"包括"乎""为""以""因""于"等。

除了"以是否具备实际的词义"来判断实字、虚字之外，中古时期的古汉语实践中还有一种判断实字、虚字的标准，即视字

（词）意义所指之物是否具有实际形体。如果字（词）意义所指之物具备实际形体，为感官所能实际感知，则该字（词）即为"实字"。反之，若字（词）意义所指之物并不具备实际形体，人类感官难以确切感知，则该字（词）即为"虚字"。由此可见，按照第二类标准所判定的"虚字"，其范围要远超现代汉语中"虚词"的范畴，而且一些"实词"也被归到"虚字"当中去了。

比如，唐代诗僧处默《圣果寺》一诗中有"到江吴地尽，隔岸越山多"之句。北宋诗论家魏庆之在其《诗人玉屑》中，就将该联判定为"句首用虚字"的典型案例。原因就在于，该联中的第一个"到"字并不能表征能够为感官所感知的实际形体，所以尽管"到"是个动词，属于"实词"范畴，但还是被判定为"虚字"了。因此，若以第二种标准来判断的话，古代汉语中的"虚字"是极多的，远远超过现代汉语中的"虚词"范畴。

而且，值得注意的是，上述的第二类判断标准，即以"词义所指是否具备实际形体"来判断"实字、虚字"，是宋元时期语言实践中通行的标准。因此，在分析郭祥正等宋代诗人诗歌作品时，一定要尊重当时的语言习惯，对作品中实字、虚字的用法做出恰切的判断。

虽然上述所言的各类"虚字"在词义（所指事物的形态）上不及真正的"实字"那样更具"真实可感"的性质，但因其在句中表征一定的语法意义，发挥一定的语法功能，所以也能对"实字"词义的表达起到特殊的修饰作用。如果运用得当，古诗词中的"虚字"往往还能够达到"一字传神"的特殊功效。

比如李白《玉阶怨》中"却下水晶帘，玲珑望秋月"一句，起首的这个"却"字无论是按照上述的哪一种标准来判断，它都是地道的"虚字"。如果按照第一种标准来看，"却"字属于表转折关系的连词，并无实际的含义；如果按照第二种标准来看，"却"字并不能表征具体的事物形象，则也属于"虚字"无疑。然而，就是这样一个表转折关系的"却"字，使诗歌的语义发生了转折，传达出了多重的意味。诗歌前两句"玉阶生白露，夜久侵罗袜"表现的是女子在深夜长久等候情人而不至的情景，第三句用一个"却"字，笔锋一转，表现女子在久候情人不见踪影之后，只得拉上帘幕就寝的情景。然而，即使上得绣床，因内心思念情人也无法入睡，只能隔着帘幕眼巴巴看着窗外的秋月出神，寄托一片相思之意，以便挨过难熬的无眠之夜。所以，第三句用"却"这个"虚字"表示转折，实际上就透露出了女子久候情人而不至的失落、无奈、愁闷、哀怨等情绪，可以说是深入、细致地呈现了这位痴情女子此际复杂的内心世界，也让读者产生了感同身受的心音共鸣。所以，一个"却"字，就传达出了女主人公全部的精神世界，正可谓是"虚字传神"。

而在郭祥正的诗歌作品中，也不乏这样"虚字传神"的案例。在下文中，就试举几例以为佐证。

先来看他的《春日独酌十首》其三、其四：

明月正照人，吴姬安得寝。更起尽馀杯，击碎珊瑚枕。

芳华无十日，自劝频举杯。素发易凋落，青春难再来。

此诗与李白《玉阶怨》诗意类似，都着力表现女子在漫漫长夜中无法与情人相会而对月寄托幽思的情境。只不过这里所描写的"吴姬"比李白《玉阶怨》中所描写的女主人公要更加外向甚至狂放一些。她在久候情人不至、明月照人无眠的情况下，不是一味地愁怨，而是借酒浇愁，醉后又不自觉地敲打枕头来宣泄自己孤独郁闷的情绪。所以，此诗所描写的"吴姬"是一个充满个性的女子，在一定程度上很有可能是郭祥正所仰慕并一如既往模仿的李白个人精神、气度的化身。而诗的第二句"自劝频举杯"中，一个"自"

字,就淋漓尽致地表达出了"吴姬"那种失落、愁闷、孤独、怨愤的心情。由于无人陪伴,"吴姬"只能把自己想象成两个人,一个自我劝另一个自我频频举杯,借酒浇愁。所以,这个"自"字首先呈现出了"吴姬"内心深处的孤独感。而在这孤独的背后,则是无法如愿以偿和情人相会的失落,无人理解的愁闷以及青春虚度的懊丧、怨愤。这种种心情,都由一个"自"字"曲径通幽"地传达出来,让读者体会到了"吴姬"心中复杂的情绪状态。然而实际上,"吴姬"内心这愁闷、失落、孤独、懊丧、怨愤的种种心态,恰恰有可能是郭祥正自身"怀才不遇"心态的真实写照。在相当程度上,郭祥正很有可能是将自己和偶像李白一样"怀才不遇"的心境、情绪投射到了"吴姬"的身上,使其演变成为一个代言人,来借以抒发自身的复杂情怀。那么,从这个角度来看,"吴姬"在行动上的"自劝",实际上就是郭祥正在精神上的"自劝"。而这一"自"字,按照本节开始部分所列举的那两项标准来说,无疑应该判断为"虚字"。作为一个"虚字","自"字传达了如此多层而丰富的思想情感,甚至直达诗人郭祥正的灵魂深处,自然堪称其诗歌作品中"虚字传神"的典型案例了。

除了上面这首作品外,郭祥正《青山集》中体现"虚字传神"手法的其他诗篇也并不在少数。比如下面这首《早起》,也同样堪称郭诗中"虚字传神"的典型案例:

> 客愁偏早起,衰病惬晴明。索酒防春瘴,披衣听鸟声。旧书慵检阅,新客懒逢迎。何日笼樊启,再归溪上耕。

这首诗是一首五言律诗,表现了郭祥正因病而生倦世之意,期待归隐林泉过上躬耕生活的意愿。然而,如果诗人真的愿意"再归溪上耕",那么他应该义无反顾,抛掉一切功名利禄的羁绊,像陶渊明那样"复得返自然"。但是,作者并非如此。他在徘徊,他在考量,他既放不下既得的功名利禄,又向往着田园生活的自由惬意。这就好比是在"官场"这座"围城"里,官员们渴望着"城外"田园生活的自由、自足,而一旦回转到了"田园生活"这座新的"围城"里,又会因困于贫贱而瞻望、歆羡官场的荣名富贵了。所以,怀才不遇的郭祥正在"仕"与"隐"之间徘徊不定,生出了许多愁绪。正因如此,一腔愁绪搅得他懒于读书,无心会友,只能借酒消愁,俯观花鸟以怡情遣虑。而本诗首句中的"偏"字,则开门见山地点出了诗人内心愁绪之复杂——正因为愁绪纷繁,不到黎明就难以成眠了,所以伏卧榻上百无聊赖,只能起早去干一些暂时排遣忧思的日常事务。故而,这个"偏"字就从侧面、虚处传达出了整首诗暗含的主旨意蕴,可谓一字精警,虚处传神。"偏"字同《春日独酌十首》其四中的"自"字一样,无论按照本节开始部分所列举的哪一项标准来说,都应该将其判断为"虚字"。所以,这首《早起》中的"偏"字,也正堪称郭祥正诗歌作品中"虚字传神"的又一经典案例了。

综合上文的论述来看,郭祥正《青山集》中的诗歌作品不仅惯于运用"虚字",而且善于运用"虚字"恰如其分地修饰"实字",借此开掘并彰显"实字"所表达的或蕴含着的多种情态,从而传递出多重的意蕴、思想、情绪和精神。因此,"虚字传神"也是郭祥正诗歌作品一项独具特色的品格,值得研究者高度重视并加以深入的开掘、探究。

第六节 句势飞动

"势"这个字,具有多重含义。它具有"力量""形势""条件""姿态""架势"等多种内涵,也可以指称"趋势"或"势头"。所谓"趋势",是指具体事物或总体的形势、环境发展的动向。而本节中的"句势"则指诗句所表现出的动向或趋势。从本质上来看,诗句固然是一组文字按照特定顺序排列的产物。但是,诗句又是一个"系统",是能够采用"系统论"的观点来加以解析的。而"系统论"认为:一个系统中各个要素之间具有"自组织性",即各要素的性状与功能通过彼此之间的协调、配合,形成一种有序的"自组织"关系而构成"系统",这一"自组织系统"所表现出的性状和功能,要优于其中各要素性状与功能简单叠加的结果。这也就是"系统论"学科中经常提及的"一加一大于二"的观点之由来。

而对于诗句这个"系统"来说,其中的各个字、词就是"系统"中的各类要素。然而,诗句的含义,并不是其中每个字、词含义的简单叠加。这是因为,每个字、词,不管它是"实字""虚字"还是实词、虚词,它们的含义基本都能够指向某种具体的事物或者彰显事物的性状以及情态,也都能够激发读者调动自身的生活经验去展开想象和联想。所以,诗句中字、词要素按照一定顺序的排列,实际上也就提示了读者想象和联想的切入点及其展开方向,从而为读者欣赏诗句时的想象和联想指明了路径。正是从这个意义上,我们可以说诗句本身就是一个"系统",诗句的含义及其拓展出的意境,要远远大于其中各个字、词含义简单的叠加。而诗句这个"系统"中所提示的读者想象或联想的动向或趋势,就是诗句的"动势",也可以简称为"句势"。

对于郭祥正的诗歌作品来说,其"句势"大体上表现了"飞动"的特征。其"句势"的这种"飞动"特性,具体来说是指能给读者的阅读带来以"飞动"为特征的联想和想象的明确指向、动向。"飞动",是我国古代文学批评中常见的一个词语。它并不是指事物当下所具有的"飞扬飘动"的具体情态,而是指事物、对象身上所表现出的一种"飘逸生动"的动向或者趋势。换言之,即事物或对象身上所表现出的即将变得"飞扬飘动"的动向。打一个比方来说，就好比是以中国画法画鹰，往往要画其即将起飞时的姿态，而很少表现其展翅飞翔时的姿态。这是因为，鹰即将起飞时的姿态更能够引发读者的想象和联想，促使读者根据画面的导向和提示，调动自身的生活经验在头脑中想象、还原出雄鹰展翅高飞的矫健身姿和迅猛如风的精神、气势。但是，将雄鹰展翅翱翔的形象画在纸面上，因其具体可观，反而不容易激发读者的想象和联想而在头脑中补充、还原雄鹰那种矫健的神采与气势了。这也就是"飞动"一词在中国古代文艺批评中所具有的独特内涵及其审美品格。

从绘画的案例回转到郭祥正的诗歌作品中就会发现，郭祥正的许多诗句也像画面上即将起飞的鹰那样，给读者带来"飞动"之感。更确切地说，就是给读者带来了有关"飘逸生动"的联想与想象之导向、趋势。比如，郭祥正《青山集》中的名作《金山行》，就是体现其"句势飞动"之美的典型代表。

> 金山杳在沧溟中，雪崖冰柱浮仙宫。乾坤扶持自今古，日月仿佛躔西东。我泛灵槎出尘世，搜索异境窥神功。一朝登临重叹息，四时想象何其雄。卷帘夜阁挂北斗，大鲸驾浪吹长空。舟摧岸断岂足数，往往霹雳捶蛟龙。寒蟾八月荡瑶海，秋光上下磨青铜。鸟飞不尽暮天碧，渔歌忽断芦花风。蓬莱久闻未成往，壮观绝致遥应同。潮生潮落夜还晓，物与数会谁能穷。百年形影浪自苦，便欲此地安微躬。白云南来入我望，又起归兴随征鸿。

这首《金山行》所描绘的"金山"，即今江苏省镇江市的"金山风景区"。金山为"京口三山"之首，是长江南岸拔地而起的一处突兀傲立之临江洲岸。今天的金山风景区虽然位于长江之滨，但在唐宋时期，它还是滚滚长江中四面环水的一座小岛。时人形容其为"万川东注，一岛中立"，足见其形势之险要。首句"金山杳在沧溟中"，即点明了该地所处的形胜之势。"沧溟"一词有两义，一指大海，一指苍天。在这里，"沧溟"显然是指苍穹之下水天一色、渺茫无际的雄浑阔大之景象。借"沧溟"来映衬诗歌描写的对象——金山，就自然而然地将其放置到了宏伟壮阔的空间背景当中，平添了一种苍茫雄浑的气势感。第二句中的"雪崖冰柱"，则是对金山岛上人文古迹的形象化描绘。如今，高 44 米的金山上所建的"金山寺"，为金山风景区内最著名的人文胜迹。该寺虽始建于东晋时期，但在北宋末年，因宋徽宗笃信道教，一度被敕命改为"神霄玉清万寿宫"，这就是郭祥正诗中称其为"浮仙宫"的由来。而"雪崖冰柱"，则是对"神霄玉清万寿宫"所处位置及建筑风格的具象化描写。因该宫观矗立在面向长江的小山崖上，崖下常年奔涌长江巨浪，"卷起千堆雪"，所以被比喻为"雪崖"。而"冰柱"，则意在描绘支撑"神霄玉清万寿宫"的廊柱。由于道教宫观象征着"九天""三清"等仙境、圣地，所以郭祥正用"冰柱"这样超凡脱俗、"冰清玉洁"之物来比喻其廊柱等建筑构件，以期给读者带来超凡出尘之感。而此后的"乾坤扶持自今古，日月仿佛躔西东"，显然是化用了曹操《观沧海》中"日月之行，若出其中，星汉灿烂，若出其里"之句的诗意，将日、月等天体的运行与金山一带寥廓的景观联系起来，更为其布设了宇宙亘古无垠、周而复始的茫茫时空背景，不禁让读者感叹金山实乃造化之宠儿，令人歆慕神往。所以，总体来看，在本诗的前四句中，郭祥正为金山岛及岛上的古迹设置了雄浑壮阔、亘古如新而又超凡出尘的时空背景环境，为下文极写其"飞动"的气势做好了铺垫。

该诗的第五至八句，是作者交代游览金山的缘由和过程，可视为诗中从"设置背景"到"描摹景物"这两段之间的过渡部分。

而接下来的第九至十句"卷帘夜阁挂北斗,大鲸驾浪吹长空"则是诗中最具神采也最能体现"飞动"气势的诗句。"卷帘夜阁挂北斗",指在"神霄玉清万寿宫"中拉起帘幕,则那宛若"青石板上钉银钉"的北斗七星就映入了轩敞的窗口,让人一眼望去就好像挂在漆黑夜幕当中的七颗熠熠发光的宝石一般。由于道教历来视北斗七星为星君、神祇,所以郭祥正在这里用北斗来映衬这座宫观,足以突出其深厚的道教文化底蕴及其神秘、灵秀之气韵。而接下来的"大鲸驾浪吹长空",则更是"神来之笔"。这里的"大鲸",可以从字面来理解,视其为真正的鲸鱼。然而,其暗含的深层意思是,巍然屹立在长江中流的金山岛,实际就像一条巨型的鲸鱼,承载着千古江山留下的人文胜迹,承载着熙熙攘攘的游人士女,在历史的时空中乘风破浪而行,令天空也为之云蒸霞蔚,绽放出万千风采。可以说,这句"大鲸驾浪吹长空",将读者引向了水天一色的浩渺"沧溟",引向了那深沉辽远的历史时空,令读者仿佛真切地看到,从历史时空中一路走来演化至今的金山岛,就像一条令人叹为观止的巨鲸,见证了多少沧海桑田,激发了多少历史风云。它飞跃腾踊于浪端,摇身摆尾,激发出千层雪浪,引得无数英雄为之倾倒、折腰。所以,如"南天一柱"般矗立在大江中流的金山岛,凭借其磅礴的气势,不仅展现了其在现实空间中搏风斗浪的神采,更传达出了金山所代表的人文精神在历史时空中冲破重重障碍、蔑视一切险阻、继往开来、奋勇向前的精神和风采。所以,郭祥正凭借这"奇语劈空"的凌厉、畅快之句势,写尽了一片江山吞风吐浪的动势之壮观寥廓,也暗示了金山乃至镇江一地所表征的人文精神的飞腾踊跃之特性。可以说,郭祥正抓住了金山这一景物的外在特征与内在神采,在历史与现实时空的交汇点上,凭借"飞动"的句势将其亘古以来"飞动"的精神、风采具象而又传神地展现了出来,可谓是把景物写"活"了,也写"神"了。

接下来的"舟摧岸断岂足数,往往霹雳捶蛟龙",则又极写金山岛周围滔滔长江波浪翻涌之凶猛情形,以期强化"大鲸驾浪吹长空"的气势感。其上句所写船舶倾覆、堤岸冲毁,尚属正常现象;下句则转向想象奇特的神话传说,认为江面波涛如此凶猛狂烈,乃是江中蛟龙和云中雷公对抗、激战的结果。此句想象奇特,光怪陆离,自出机杼,别开生面,简直堪与李贺《李凭箜篌引》中"梦入神山教神妪,老鱼跳波瘦蛟舞"相媲美。

但其后的"寒蟾八月荡瑶海,秋光上下磨青铜"两句,又从激荡的动态陡然转为对静景的描写。此处的"八月",指阴历八月,相当于阳历九月底十月初,所以作者用了"寒蟾"来形容月色。上句意指,八月的月光映照在江海之上,随着细浪滟滟荡漾,波光交映,令人顿生超凡脱俗之感,宛如随着月宫中的嫦娥升入了浩渺茫茫而又瑰丽奇幻的仙境。下句的"秋光上下磨青铜",则是指月光映照下水天一色的浩渺无垠之景观,就像被擦得晶莹剔透的青铜镜面一样,令人神观飞越,复归于静谧安详的心境。此句以青铜比喻江海寥廓静谧的水面,这种想象和联想的思维方式在宋代其他诗人的作品中亦不乏其例。比如苏轼《登州海市》一诗中就有"斜阳万里孤鸟没,但见碧海磨青铜"之句,与郭祥正《金山行》的比喻手法如出一辙。"鸟飞不尽暮天碧,渔歌忽断芦花风",则是为读者描绘出了落日余晖中江面上"渔舟唱晚"的平和、悠远之景象。其中,"鸟飞不尽暮天碧"极写江天之高远寥廓,与王勃《滕王阁序》中"落霞与孤鹜齐飞,秋水共长天一色"之句含义相似,都传神地描绘出了斜阳万里余晖下祥和静谧而又寥廓悠远的江岸美景,令读者顿生"遗世独立"的超然情怀,可谓"状自然之景物如在目前"。

所以,综观全诗,郭祥正首先将所描写的对象——金山岛置于雄浑寥廓的时空背景当中。而后以此宏伟的时空背景为映衬,在作品的前半部分采取比喻、夸张等多元化的修辞手法激发读者展开具有明确指向性的想象和联想，去体验诗中金山岛这一意象所蕴含的"飞动"之势，从而获得独特而卓绝的审美体验。而到了作品的后半部分，则又由动转静，以静衬动，从而令读者在"天风海涛般动态的磅礴雄浑之美"和"风平浪静的安宁静谧之美"这两种美的对比之中，窥见金山岛所具有的多重美感，从而体验到金山岛的"飞动"之势是蕴含在其静态之美当中的，天风海涛与风平浪静，共同构成了金山总体之美的两个方面。而且，这两者是相辅相成的关系，正因为金山具有风平浪静的静谧之美，才反衬出了其天风海涛的动态雄浑、磅礴之美的奇绝与壮丽之处。这样，当读者走进诗的意境当中去反观金山岛时，就会发现：金山岛如"大鲸驾浪"般的"飞动"之势，是潜藏、蕴含在其平静状态之中的。只有从眼前所见的静态中去展开想象和联想，方能以静衬动，获得更为强烈的动势飞腾、雄浑壮阔之审美感受。如此，则郭祥正这首《金山行》对于金山岛及其周边环境天风海涛与安宁静谧这两种不同之美景的描写，也就相辅相成地融合为一个有机的整体，并且将一种只可意会而又难以言传的精神、气质、品格暗寓到了这个整体当中，并以诗作本身"飞动"的句势将其提示、表征出来，通过激发读者特定的想象和联想，引导读者自觉、自主、能动地探究金山岛的形象与气质，从而获得深刻而又隽永的审美感受。

通过上文援引《金山行》为例所展开的分析可见，作为一个富有经验的诗人，郭祥正正是在深刻洞察景物相辅相成的动静、阴阳二元之美的基础上，采取动静相映的手法，在谋篇布局过程中，把飞动的"势"暗寓到了景物自身的自然格局当中，而后又借助飞动的句势来描写对象的自然格局，将这种飞动的"势"提示出来，激发出来，从而引导读者通过主动的想象、联想和探寻获得更具成就感和满足感的审美享受，而这要比单纯描写景物动态情状所带来的审美享受更为深远，也更有意味。

第六章

"高山安可仰，徒此揖清芬"

——郭祥正对前贤的继承

第一节 郭祥正诗歌对老庄的继承

先秦诸子百家典籍，是华夏文化处于滥觞期这一阶段中，各派先哲智慧所凝聚而成的"中华元典"，实为华夏文明思想根脉之所在。正因如此，后世的文学作品中基本都会蕴含源于此类"中华元典"的深刻思想意识，或为儒家，或为道家，或者儒道合流，甚至是结合外来的佛教之后形成"儒释道三教合流"的趋向。而宋代，正是"三教合流"这一趋势发展的成熟期，在各类文学作品中已然彰显了明确的"三教合流"式意识形态取向。郭祥正作为宋代诗人中具有一定影响力的代表作家，其诗作中所表现出的"三教合流"取向也颇为值得关注。受篇幅所限，本节暂且搁置郭诗中所蕴含的佛教思想不谈，专论其中儒、道两家思想碰撞交融的情况。

由于郭祥正由科举晋身仕途，本为地道的儒生，所以其诗中表现出鲜明的儒家思想观念并不足奇。然而，在此之外，郭诗中还常常流露出的道家思维方式和处世情怀，就颇为引人注目了。所以，解读郭祥正《青山集》中所蕴含的道家思想，实为剖析郭诗"儒道思想合流"这一取向的先决条件。

那么，翻览郭祥正《青山集》，就会发现其字里行间回响着对于老庄之道的歆慕与赞赏。比如郭祥正在《瑞昌双溪堂夜饮呈吴令》一诗中写道"拨置万虑付江海，收拾寸心归老庄"，俨然将道家思想作为精神的终极家园来看待，言语间流露出了对老庄之道的歆羡激赏之情。

而这首《瑞昌双溪堂夜饮呈吴令》也并非孤例，在郭祥正《青山集》中，类似的作品仍有很多，可谓俯拾即是。比如诗人在《别濠上》一诗中写道"自得庄生乐，观鱼近碧濠"；其《和耿天隲见寄》一诗中也有"又闻全于天，卓越庄周语"；在《池上晚景分得上字》一诗中，郭祥正写道："黄蜂立莲叶，頳鲤吹萍浪。始信庄生言，观鱼乐濠上。"

除此之外，郭祥正诗作中还常常化用源自《庄子》一书的典故。比如诗人在《牡丹吟》一诗中写道"梦为庄叟蝴蝶狂，散作襄王云雨短"；在《夜雨感怀二首》之一这首诗中也有"杜子嗟沾湿，庄生失渚涯"的句子。前诗中的"庄叟蝴蝶狂"，显然是指"庄周梦蝶"的故事；而后诗中的"庄生失渚涯"则出自《庄子·秋水》："秋水时至，百川灌河。泾流之大，两涘渚涯之间，不辩牛马。"意思是说，立秋时节洪水泛滥，上百条小河涨水，都将洪峰泻入黄河，以至于两岸水边的各片沙洲被水淹没，连日常在这里吃草、饮水的牛、马都不能再分辨哪里原来是水，哪里原来是岸了。在《夜雨感怀二首》之一这首诗中，郭祥正显然是借"渚涯之间，不辩牛马"的典故，来夸张地形容夜间雨势之大。至于《别濠上》《池上晚景分得上字》等诗中屡次提及的"观鱼"，也同样出自《庄子·秋水》中庄子、惠子两人就"鱼是否快乐，人是否能感受鱼之乐"所进行的辩论。此亦为熟典，其含义则无须赘述。

上文列举的这些作品，都属于明确推崇老庄思想或者明确运用

《老子》或《庄子》中的典实，所用亦皆为熟典。但郭祥正《青山集》中还包含有一些暗寓老庄思想、化用道家典故的诗歌作品，更值得高度的重视。比如下面这首《逍遥园》就是此类型的代表性作品。

> 筠州之城西有园名曰逍遥，因山而得名。今邹君几圣大夫之所有也。予作《逍遥园》一首以赠几圣云：
> 逍遥有水一溪，有竹三亩，兰芬菊芳，松老石瘦。堂居其中，亭列左右。菲菲兮春荣，阴阴兮夏茂。孤猿啸兮秋夜长，空桑嘷兮冬雪昼。山之名兮人莫知，公为主兮天所授。其或要佳宾，酌醇酎。清吟得韵兮，非人世之丝篁。属笔成篇兮，发天机之锦绣。方且登高台，挹远岫，俯仰群仙，咨询遐寿。脱轮蹄之萦，服烟霞之秀。于斯时也一举九万兮，吾不知其为用。嗒焉自丧兮，吾不知其为偶。倏兮宜兮，非无之无。寂兮息兮，非有之有。无何亦何得而名，有窍则窍邈能久。至若听出于垣，观入于牖，此鄙士之常习，又安得与夫逍遥主人而为之友也哉。

这首《逍遥园》是一首"骚体"诗作，也具有"以文为诗"的显著特征。诗前的小序交代作诗的缘由，其中首先提及的"筠州"，即今江西省高安市。从小序可知，这首《逍遥园》是为邹几圣在高安的园林所作，不仅描写了园中的景物，也借此颂扬了邹几圣的高标风范。

这首"骚体"诗中似乎随处都闪现着《庄子》思想理念的影子。比如，园名"逍遥"，就是关合《庄子·逍遥游》的篇目本意。《逍遥游》是《庄子》中的第一篇，其用意在于阐述唯有"无所待"（无所凭借）才能获得最终之幸福的主旨观点。庄子在《逍遥游》中列举了鲲、鹏、蜩、学鸠、斥鷃、朝菌、蟪蛄、冥灵、列子、尧、惠子等各种各样的生命和人物，指出他们虽貌似自由，但实际上都难以真正地达到"逍遥"。这是因为他们都必须凭借一定的条件而获取相对的自由，一旦条件丧失，则自由也会随之逝去。只有摆脱各种条件的束缚，翱翔于没有任何条件、没有任何依凭的"无何有之乡"，才能获得精神上的绝对自由，这也就是庄子所倡导与追求的"逍遥"的境界了。而本诗中邹几圣所建的园林之所以取名为"逍遥园"，就是取《庄子·逍遥游》的"无何有"之意。这无疑表明了邹几圣对于老庄逍遥境界的歆羡之情——虽然在实践中他未必能够做得到。而郭祥正之所以能为邹几圣"逍遥园"题咏，至少表明他与邹几圣志趣相投，其内心也深蕴着对于老庄思想的向往与推崇。

在这首骚体诗的前半部分，作者主要描写了"逍遥园"中的溪、竹、兰、菊、松等各种景物及其在一年四季中的美好情状，并借此称颂了园林主人邹几圣恬然乐道于林泉之野的高标风韵。诗的中间部分则开始集中援引《庄子》中的典故，来彰显这座园林的道家文化气息及氛围。"于斯时也一举九万兮"一句中的"九万"，即出自《逍遥游》篇："鹏之徙于南冥也，水击三千里，抟扶摇而上者九万里。"这里的"九万里"形容鲲鹏飞举的盛况，在《逍遥园》这首诗中却是用来暗指仕途中扶摇直上、平步青云的际遇。作者用一句"吾不知其为用"，从侧面点出了邹几圣对于仕途的淡漠，他对于平步青云的仕途运程毫不挂怀，甚至不知做官有何用处。在"九万"之后的"嗒焉自丧"，则出自《庄子·齐物论》："南郭子綦隐机而坐，仰天而嘘，嗒焉似丧其耦。"意思是说，南郭子綦坐在几案后面，抬头向天缓缓地吐出气息，神情却非常淡然，仿佛精神脱离了肉身而丧失了其对应的附着载体一样。在这里，郭祥正显然是借"嗒焉似丧"来比拟邹几圣在"逍遥园"中怡然自忘、顺性养生的日常生活状态,从侧面暗示他不仅像南郭子綦那样离神去智,而且他的养生之术以及对道家的专注精神,也是世人所罕匹的。紧接下来的"倏兮窅兮"等句,是描述邹几圣无拘无束地穿行坐卧于"逍遥园"中,寂然调息,将有、无等二元对立的概念均已置之度外了。道家与佛家都认为,二元对立乃是生出分别、痛苦之源,泯除有无分别,即消解了二元对立,也就超脱于烦恼之外。

"无何亦何得而名",典出《庄子·逍遥游》:"何不树之于无何有之乡,广莫之野。"在《逍遥游》原文中,惠子种出巨大而无所用的臭椿树,以此来比喻、指摘庄子的言论大而不着边际,无所实用。庄子则反驳称:为何不将它种在广阔无边的虚无思想境界中,令其虽无所用却不至受到困苦伤害,岂非最佳的处理方式?在这里,郭祥正化用"无何有之乡"的典故,意在表明"逍遥园"就是这样一个自在虚无的"无何有之乡",其得名与否并不重要,以抛却"有名""无名"之分别的一颗自由虚无之心来看待这座园林,来使用这座园林,才是最为重要的。显然,郭祥正认为邹几圣已经达到了这种抛除分别、虚无逍遥的境界。"有窍则窍遽能久",则出自《庄子·应帝王》:"中央之帝为浑沌。倏与忽……日凿一窍,七日而浑沌死。"原文含义为:南海之帝倏和北海之帝忽访问中央之帝浑沌,因受浑沌热情招待而尝试报答。两人看到浑沌并无七窍五官,认为浑沌无法视听、饮食、呼吸,于是每天为浑沌开凿一窍,以便促使其过上正常的起居生活。七天后七窍凿成,浑沌却因之而失去生命。《应帝王》篇讲述这个寓言故事,意在表明自然之道本是浑沌一体,与人之道(性状)截然不同。若按照人之道来强行改造自然,则只会毁灭自然而招致灾难性的后果。郭祥正在诗中写下这句"有窍则窍遽能久",即是直用《应帝王》篇典故本意,表现邹几圣在"逍遥园"中自然随性的生活,就像浑沌一样合于自然之道,早已弃绝了尘世的熏染。

最后一句中的"听出于垣,观入于牖",则分别出自《诗经》和《老子》。《诗经·小雅·小弁》:"君子无易由言,耳属于垣。"意思是,君子不可随意说话,以防隔墙有耳偷听告密。《老子》四十七章:"不出户,知天下。不窥牖,见天道。其出弥远,其知弥少。"意思是说,不走出门外,就能推知天下的事理;不望窗外,就能理解自然的规律。若是一心向外求索,那么对于自然之道的了解只会越来越少。在这里,郭祥正直用《诗经·小雅·小弁》之意,而反用《老子》四十七章之意,据以表明,那些醉心于干禄奔竞,以汲汲钻营为要务之徒,心为尘世所污染,根本不知"道"为何物,又怎能配得上和"逍遥园"主人邹几圣交游为友呢!这显然是借干禄奔竞、醉心世务之徒的蝇营狗苟行为反衬邹几圣超凡脱俗的高标风范,从而凸显了主人公清静无为、超迈群伦的风标,同时也深化了诗作主题,引导读者借此诗而返求于道,返求于心,从而获得事理与精神心理上的双重教益。

从本节所论述的内容来看,郭祥正《青山集》不仅多处称颂老庄之道,积极援引道家典故,而且在部分诗作中直接贯彻并发扬了老庄思想,从而在诗性的自由精神层面继承、发扬了道家观念,展现了源自"中华元典"的卓绝的思想精神魅力。

第二节　郭祥正诗歌对屈骚的继承

李白在《古风五十九首》之一中,曾对战汉时期文学的演变流向给予了批评:"龙虎相啖食,兵戈逮狂秦。正声何微茫,哀怨起骚人。扬马激颓波,开流荡无垠。废兴虽万变,宪章亦已沦。"意思是说,在秦灭六国前后的极端动荡岁月中,只有江南楚地屈原的骚体诗得以凭借其"哀怨"之音而大放光彩。此后代表《诗经》传统的大雅正声就逐渐趋向消亡,虽经扬雄、司马相如等积极创作汉大赋，力图扭转这种颓势，但他们仍无力抗拒根本性的文艺精神颓落所导致的局势，反而为后世"绮丽不足珍"的魏晋六朝诗风开辟了先河。从李白这首《古风》的诗意来看，它对于以屈原为代表的楚地诗人所创作的《楚辞》，并未给出高度的积极评价。然而，以"太白后身"自居的郭祥正，却对李白所轻视的《楚辞》情有独钟，在其《青山集》中留存下了十九首拟骚体诗作，表现出了对屈骚体式和精神的高度景仰与自觉继承意识。而本节即援引具体作品，来尝试对郭祥正创作拟骚体诗这一独特的文学现象予以解读和剖析。

首先来看下面这首《泛江》。

岁在庚子，月惟孟冬，蹇予职事，鼓楫长江，感慨其怀而为之辞云：

士有以处兮，无亩以耕。眷馀绪之尚抽兮，慨慈亲以迟荣。徐虚缩瑟以内习兮，予实愧乎先民之心。惚恍恻怆其不得已兮，被命于九江之浔。戴皇天之休兮，廪足以饱。度白日之难兮，谁察予情。

汹汹兮北风，怒浪兮滔天。抚慈膝兮出门，泪涟洏兮就船。事将有责兮，死岂予之所畏。盖忠未足以尽报兮，孝未克以自信。惟行止之坎坎兮，适简罪以冀生。度白日之难兮，谁察予情。蛟龁齿兮岸摧，鼍矫首兮渡分。妖鳞怪鼋曾莫识其名兮，怒谽牙以相瞩。数将倾而还复兮，予委命乎上灵。幸生全而就泊兮，夜风止而月吐。旷上下之澄澈兮，适纵观乎琉璃之府。北斗扬光兮，百怪潜伏。岸芷露翠兮，汀兰放芬。起予思之无穷兮，既局影以自慰，又苦辞以招魂。辞曰：始凶终吉，魂兮归来，奚往而失。

这是一首集中表达忧思情怀的拟骚体作品。小序中的"庚子"岁，当是指宋仁宗嘉祐五年，即 1060 年。此时郭祥正年方 26 岁。根据小序的简略交代来看，创作这篇骚体诗时作者仕途淹蹇，泛舟长江，故借此诗抒发内心的多种忧思。根据郭祥正的行藏事迹来看，在 1060 年前后，诗人因谒见梅尧臣，得其引见而被授德化尉的官职。所以，这次"鼓楫长江"，就应该是于 1060 年阴历十月在九江附近的长江江面上进行的。由于九江在战国时属楚地，诗人自身又因事受谤，面临牢狱之灾乃至性命之忧，和千余年前的屈大夫心境相似，所以创作了这首拟骚体诗以抒发忧怀。从作品的情感内涵来看，诗人主要表达了忠而被谤、命运蹭蹬、难以事亲尽孝的多重忧思，并以"蛟龁齿兮岸摧，蜃矫首兮渡分。妖鳞怪鼍曾莫识其名兮，怒谽牙以相瞡"来暗示自己所处政治风涛之险恶。在作品的最后部分，诗人采取了一段富有楚辞神韵的描写"北斗扬光兮，百怪潜伏。岸芷露翠兮，汀兰放芬"来聊以自慰，表现了和身处逆境的屈原相似的坚定执着的信念与情怀。

故而，从思想内涵与写作手法这两个方面来看，《泛江》和屈原的典型楚辞作品非常相似，可以看作是对屈骚写作手法与精神意旨的全面继承。

然而，接下来将要分析的《山中》，则在继承屈骚传统创作手法的基础上，又产生了一定的新变。

风萧萧兮云蔼蔼，泉淙淙兮石皑皑。禽惊人兮，远飞去以复还，客醉其间兮，殊不知为冠带。发被衣颓以自顾兮，谁为吾仇。山花为我一笑兮，山草为我以忘忧。嗟世人之愚兮，竟营营以何求？求百年之宠荣兮，取万世之奴囚。怅谗舌之甚兮，尚毁孔而谤周。咄何得而何失兮，孰为马而为牛。歌数作兮饮未休，石骇以走兮泉凝而不流。起挽石以道泉兮，尔何我叛。吾将去乎世兮，结尔以长年之游。

从这首骚体诗的描写对象及其风格意境角度来看，它与屈原《九章·涉江》所描写的意境非常相似。"风萧萧兮云蔼蔼，泉淙淙兮石皑皑"，为读者描绘出了一幅雾霭迷茫、泉石幽咽的凄迷画面，与《九章·涉江》"山峻高以蔽日兮，下幽晦以多雨。霰雪纷其无垠兮，云霏霏而承宇"之句所状出的萧疏、阴郁的景物、意境存在神理相通之妙。然而，这两首诗虽借助相似的写景状物之情景，但是其所承载、抒发的思想情感却存在一定差异。在《涉江》中，屈原凭借一腔孤愤，表达了"忠不必用兮，贤不必以""与前世而皆然兮，吾又何怨乎今之人"的愤慨不平之情。而在《山中》一诗中，郭祥正援引道家观念作为思想底蕴，来排遣自身对官场仕途中种种颠倒黑白之现象的不平情绪。在这首作品中，诗人力求通过消弭是非、荣辱、得失、有无等相反相成的矛盾，来获得精神上的超脱与自足，获得一种源于道家观念的"现世的幸福感"。这体现了宋代三教合流背景下士大夫援老入儒以求得心灵超脱的自觉意识。故而，这首《山中》虽然继承了楚辞的体裁特征、景物描写、意境营造等方面的成功范式，却借此表现了和屈骚楚辞相异的思想情感内涵，由此也可窥见宋代士大夫拟骚体诗对于屈骚体裁与艺术精神的继承和发展之处。

综合本文以上所援引、分析的《青山集》中两首拟骚体诗作来看，郭祥正对于屈骚的体裁与精神，既有继承与发扬之处，又存在创新与变革。而这种创新与变革更多地体现在思想主旨方面，为其作品打上了宋代士大夫精神文化生活方式的深刻烙印。所以，研究郭氏拟骚体诗，也为窥探宋代士大夫精神世界以及探究宋代拟骚体诗这一体裁的创作历程及其演变规律，提供了可行的途径。这也正是郭祥正《青山集》中十九首拟骚体诗作的研究价值与意义。

第三节　郭祥正诗歌对李白的继承

如前文所述，郭祥正被梅尧臣誉为"太白后身"，而诗人自己也以"太白后身"而自居。这充分表明了郭祥正对于李白诗风的无比推崇和景仰，当然也就决定了其诗作在多个维度上勉力学习、效仿李白诗风，呈现出了与诗仙作品相似的审美风范。以下，就援引郭祥正《青山集》中的典型作品，来解析其诗作对于李白诗风的继承。

首先，郭祥正在《青山集》中的多首作品中明确地表现了对于李白诗作的激赏之情。比如，在《奉和蔡希蘧鹄奔亭留别》一诗中，诗人写道："又如李白才清新，无数篇章思不群。"以李白来比拟眼前酬唱赠答的对象，正可见诗人对于李白的无比推崇之意。在诗史上与此类似之作当属杜甫《春日忆李白》中的"清新庾开府，俊逸鲍参军"之句了。正因为杜甫极力推崇庾信而将其视为百世风标，所以才用"清新庾开府"去形容素所景仰的李白诗风。在这里，郭祥正以李白"清新"的诗风去比拟、赞誉蔡希蘧的诗才，显然也是出于对李白深切的激赏和崇敬。在《明叔致酒叠嶂楼》中，诗人也写下了"谢公风味君能似，李白篇章我到难"的诗句。作者在此处自谦诗才不及李白，恰恰表现出了他对于李白无限的追慕之情，此可与上文所引诗篇构成互证，足见诗人对李白真切的倾慕之情。

又如，在《松门阻风望庐山有怀李白》一诗中，郭祥正直接夸扬李白身上所独具的酒神精神和生活态度："李白一饮还一醉，醉来岂知生死累。"这不仅是称赞李白诗风文采，其处世态度也成为诗人效法的榜样了。

再如，在《阮希圣新轩即席兼呈同会君仪温老三首》中诗人写道："狂嗟李白驱鲸海，醉笑陶潜倚菊篱。""李白驱鲸海"，即化用李白醉后骑鲸捉月溺亡而仙去的传说典故。郭祥正在席间"狂嗟"李白"仙去"的故实，则表现了其对于李白溺亡这一归宿的深刻叹惋，从侧面表现出诗人对李白的眷念之深。

其次，诗人惯于且乐于步李白之韵来酬唱赠答，以便强化其"太白后身"的荣誉感。在《青山集》中，此类采用李白原韵进行酬答唱和的诗作有《舟次新林先寄府尹安中尚书用李白寄杨江宁韵二首》、《舟次白鹭洲再寄安中尚书用李白寄杨江宁韵二首》、《奉同安中尚书用李白留别王嵩韵送毛王仲大夫移浙漕》、《将游宣城先寄贾太守侍御用李白寄崔侍御韵》、《追和李白宣州清溪》、《留别陈元舆待制用李白赠友人韵》、《留别宣守贾侍御用李白赠赵悦韵》、《追和李白郎官湖寄汉阳太守刘宜父》、《题化城寺新公清风亭用李白原韵》、《太守陈侯见要登黄山送马东玉遂用李白登黄山送族弟济赴华阴韵呈陈侯并送东玉》及《盛仲举秀才归自九华极谈胜赏亟取李白九华联句原韵作二首志之》等，共计十四首之多。在这些诗作中，郭祥正将李白原韵视同光环一般笼罩在自己头顶，恰可见其对于李白诗风、诗作的无比推崇景仰之意。

再次，诗人乐于追和李白名篇佳作。在《青山集》中，此类篇章有《和李白秋浦歌十七首》《追和李白金陵月下怀古》《追和李白登金陵凤凰台二首》《蜀道篇送别府尹吴龙图》《寄献荆州郑紫微毅夫》《我归矣》等多首作品，亦可谓如"中原有菽，俯拾即是"。此类作品往往流露出刻意模仿李白原作体式及风格的鲜明痕迹。比如诗人在《蜀道篇送别府尹吴龙图》中写道："长吟李白蜀道难，蜀道之难难于上青天。长蛇并猛虎，杀人吮血毒气何腥膻。锦城虽乐不可到，侧身西望泣涕空涟涟。其辞辛酸语势险，有如曲折顿挫万丈之洪泉。"此诗起首处化用李白《蜀道难》诗意，极写四川地区栈道之险峻，表现了神似于李白的审美旨趣。而《寄献荆州郑紫微毅夫》开篇即写道："李白不爱万古侯，但愿一识韩荆州。

荆州太守古来好，至今文采传风流。郑公辞赋天下绝，殿前落笔铿琳璆……"这同李白《与韩荆州书》中所提及的"生不用封万户侯，但愿一识韩荆州"句式几乎完全相同，足见其对于李白诗作的熟稔和推崇。而在《我归矣》一诗中，郭祥正甚至不惜直接引用李白诗作原句："我归矣，江之南，一蓑一钓桃花潭，桃花潭水深千丈，金鳞尾尾密如蚕。"在"桃花潭水深千丈"一句后，作者自注"李白句"，足可见其对于李白诗作的痴迷程度。

然而，笔者认为上文所列举的郭祥正诗作，还基本停留在对李白诗歌表面体式的模拟层面上。而真正传神摹写李白诗作风格神韵的诗篇，还要首推下文所呈现的这些作品。比如《青山集》中的《采石亭观》一诗如是写道：

洞庭秋高北风起，怒浪排空日光昧。坐见雪山飞从物外来，地轴天关恐将圮。移沙裂石失浦溆，群龙呀牙鲸掉尾。舟人但如鹳鸣垤，咫尺存亡隔千里。嗟哉至柔物，鸿洞安可当。大禹没已久，巨浸谁为防。须臾风收浪亦静，嫦娥洗月添寒光。湘妃妙曲鼓未彻，汨罗之魄云徜徉。而今君臣正相乐，法弊一一新更张。监司精明郡县肃，国无忠愤惟循良。洞庭怪变自出没，回首天边归雁行。

从此诗字面来看，郭祥正运用了夸张的手法来描摹事物，如"雪山飞从物外来"等，并与"怒浪排空日光昧"等写实性的句子构成对比，极写洞庭浪涛之壮阔猛烈，其风格与李白《蜀道难》《庐山谣寄卢侍御虚舟》《梦游天姥吟留别》等歌行中所展露的瑰奇、夸饰的创作手法如出一辙，体现了郭祥正对于李白诗歌作品风格的模仿与继承。

又如前所述《金山行》，其"卷帘夜阁挂北斗，大鲸驾浪吹长空。舟摧岸断岂足数,往往霹雳捶蛟龙"之句,句势飞动,想象奇特,出人意表,在其中也可探寻到模拟李白《梦游天姥吟留别》等歌行写作手法及风格的鲜明痕迹。而且,不仅是写景状物的篇章,即使是拟古乐府,郭祥正同类作品对于李白诗风的继承性也是十分明显的。比如下面这首《庐陵乐府十首》之一。

>妾抬纤纤手,一拂白玉琴。琴声写三叠,寄妾万里心。朱弦断可续,妾心常不足。才惊枫叶丹,又见杨枝绿。望君君未到,妾貌宁长好。云鬓懒重梳,从教似秋草。

这首诗描写闺中少妇对于远行未归的情郎深切的思念之情,字里行间流露出了淡淡的感伤、哀怨之情绪。如果将这首诗与李白著名的《长干行二首》其一进行对比,就会发现两者在抒发女子哀怨之情时同样表现了那种温柔敦厚、怨而不怒、哀而不伤的中和之审美情趣,令读者感受到了一种清新、质朴、温润、明快的沁人心脾之美感,故而可以真切地感受到两者在诗歌审美情趣及风格特征方面的神似之处,也足见郭祥正诗歌对于李白诗作审美精神的模拟与继承。

通过本节以上的分析可见,被誉为"太白后身"的郭祥正,不仅从个人情感上对李白的人生历程、处世态度倍加推崇,而且在诗歌创作方面也积极地模仿李诗写作范式,力图追步前代诗仙的风范与神韵。虽然郭祥正《青山集》中存在大量从浅层面模拟李白诗歌体式的作品,但也不乏《采石亭观》《金山行》这样自觉继承李白诗歌风格特征及其审美精神、营造出宏伟雄阔之意境的佳作。因此,郭祥正对于李白诗歌风格范式的继承,是具体而深入的。我们不应囿于苏轼戏谑郭祥正诗"三分在诗,七分在读"的思维定式来理解、评判其努力追步前代先贤诗作风格的创作实践,而应在全面考察其作品审美精神及艺术格调的基础上,做出客观公正的评价。

结　语

北宋中期的诗坛名家辈出，欧阳修、梅尧臣、苏舜钦、王安石、苏轼、黄庭坚等巨星璀璨，光彩夺目，王令、"清江三孔"、"沈氏三先生"、陈师道、张耒、惠洪、郑獬、邵雍等繁星闪烁，奇光异彩。在这俊才云蒸、欣欣向荣的背景下，诗人郭祥正却因种种原因而被埋没，甚至因人格被诬，连诗也遭受冷落，真是文学中的不幸。好在当今学者孔凡礼先生慧眼独具，在所能找到的资料证明下，辛勤考辨，将笼罩在郭祥正身上的种种不公一一剔除，还了郭祥正清白公正之身，那么对他的诗歌我们就不能再坐而不视、冷眼观望了。

郭祥正人生多舛，带有鲜明的北宋激烈党争的烙印。七岁丧父，壮年失母，虽少有诗名，且得梅尧臣、王安石、郑獬等大诗人的赞誉，但终因与王安石、章惇、苏轼兄弟等人关系密切，加上本人性情敏感孤傲，而在北宋中期激烈残酷的党争中五次沉浮，经历相当坎坷。可无论顺逆，诗人总能坦然面对，在顺逆中始终保持着坦荡磊落与闲淡平和的情怀。

纵观诗人诗作，直抒胸臆、酣畅淋漓的风格多表现在交游类诗歌、咏史类诗歌当中，而咏物类、山水田园类诗歌多体现出高古雅致、清健质实的特色，这些突出地传递出了诗人丰富的内心世界。

在艺术成就上，诗人坚持自己的审美理想，其诗歌的体裁风格多样，综合起来看，写得最好的是歌行体诗与七言古诗，纵横豪迈、铺排凌厉是这类诗歌的明显特征，而清健质实且雅洁高古的情调却为七言绝句所独有，这几种体裁代表了诗人在诗歌创作上最高的艺术成就。

在时代环境、社会文化心理、诗歌自身发展的规律以及诗人独特的个性等方面的影响下，诗人对人文意象（如酒、笔、琴、茶等）、自然意象（如梅、鲸等）和历史典籍意象（如甘棠、击壤等）等的选取与过滤以及联结建构，使其诗歌风格在呈现多样性的同时，也富有浓郁的人文色彩。

虽然郭祥正的部分诗歌粗糙的毛病不容回避，但他的诗作在北宋中期诗坛上有着自己独特的个性。正如著名雕塑大师罗丹在《论艺术》中所言："有'性格'的作品，才算是美的。"因此郭诗应该摆脱历来遭受冷遇的状况，在文学史上占据应有的地位。

然而，上文的论断虽然容易做出，但其论证过程却是复杂而艰难的。这是因为，对于郭祥正的研究目前尚处于"开荒拓殖"的阶段，本书的考证、分析等工作也必然经历了一段筚路蓝缕的艰辛过程。为了进一步明确本书研究的核心主旨，在这篇结论当中，笔者拟进一步梳理、归纳、呈现在研究过程中所探析、论证过的若干观点，以便更为翔实地揭示本书的研究理路，为归纳核心论点做好最终的铺垫。

一　郭祥正诗词创作与宋代政治、思想与文化环境之间的关系问题

首先，从政治方面来看。有宋一代，积贫积弱已成为当代史学界之共识。导致积贫积弱现状的缘由，固然与众所周知的"三冗"（冗官、冗兵、冗费）弊病以及"强干弱枝"的统治策略密切相

关，但与士大夫之间的党争也不无关系。对于宋代党争，史学界及文学界普遍将关注的重点聚焦于北宋中后期，即熙丰新政前后所爆发的新旧党争问题。无可否认，此际士大夫之间的倾轧固然酷烈，然而其伏脉早在北宋前期以及中期就已埋下了。

当北宋前期政治尚属清明之际，朝中就出现了寇准与丁谓关于政坛主导权的斗争，结果以成就澶渊抗辽之功的贤相寇准窜死雷州而告终。虽然两人的争斗尚不足以称为党争，但宋代士大夫党争已初显端倪。至宋仁宗庆历年间，由范仲淹、韩琦、富弼、杜衍四人主导，苏舜钦、欧阳修、余靖、蔡襄、王素等人参与的"庆历新政"在北宋政局中傲然绽放，但夏竦等守旧派官僚巧立名目，以"朋党"之论对范、韩、富、杜等人极尽污蔑打击之能事。虽经欧阳修作《朋党论》据理抗辩，但"庆历新政"还是未足一年就归于失败，范、韩、富、杜、欧阳等人皆被贬出朝外，这一次挽救北宋积贫积弱局面的宝贵机会就此毁于党争之手。23年之后，王安石推行的变法再次轰动了熙宁、元丰年间的政坛，也导致了北宋党争呈现鼎沸之势，其党争翻覆之祸一直延续到北宋灭亡，使得北宋摆脱积贫积弱状况的又一次宝贵机会也付之东流。其间的详细情况已然为各种史学论著所详述，亦已为大众所熟知，故而此处不再赘述。

由此可见，党争之势伏脉于北宋初年，显现于北宋中期，爆发于北宋末年，可谓愈演愈烈，错失了引导北宋摆脱积贫积弱之局面的一次又一次宝贵机会。而郭祥正，就恰好生活于党争之祸愈演愈烈的北宋中后期，他的诗歌创作，正是在党争日益酷烈的背景中展开的，因此，也或显或隐地带上了党争的"烙印"与痕迹。

比如，郭祥正在《寄题罗池庙》一诗中所抒发的"名参韩子犹为幸，党入王生最可悲"悲苦之声，表面上是叙述柳宗元因参与王叔文"永贞革新"而被贬官柳州刺史、最终客死他乡的悲惨事实,实际上则是借古讽今,诉说自身因另一个"王生"——王安石变法事件受到牵连而陷于汀、漳之狱的实际遭遇。

如果顺着这条理路,再去反观郭祥正《青山集》中的《泛江》等作品,就很容易理解为何郭氏常常怀有一种忐忑惕厉的忧思情怀,这实际上是对于北宋党争所造就的宦海风波的一种本能反应。把握了这一点,也就能够理解郭祥正诗歌思想内容游离于入世与出世、参政与归隐之间的矛盾情结了。

当然,从另一方面来看,虽然党争加剧了北宋积贫积弱的状况,但也激发了士大夫深刻的忧患意识。这一点,在与郭祥正处于同一时代的苏轼《策略五首》中体现得非常明显。在《策略五首》开篇处,苏轼一针见血地点出了北宋王朝贫弱相积之弊病:"有治平之名,而无治平之实;有可忧之势,而无可忧之形。"犹如有人得病,虽饮食起居无异于常,但"恍然不乐,问其所苦,且不能自言"。虽庸医以为无碍,而扁鹊仓公则"望而惊",断其为"受病深而不可测"。这深刻地指出了北宋朝廷之症结在于虽表面看似太平却内藏深重莫测之危机,"不知其然而然,是拱手待乱也"。

而郭祥正身为一位有个性、有血性的士大夫,当然也难以对这种"拱手待乱""有治平之名,而无治平之实"的危局袖手旁观。所以,翻阅《青山集》就可时常看到《前春雪》《后春雪》《治水谣》等"穷年忧黎元,叹息肠内热"的关怀民瘼疾苦之作。由于郭氏常年身居下僚,所以其观察的视角也更多地取向于民间,诗作反映的内容也多关注民生之疾苦。这也足以反映郭祥正对"无治平之实"的北宋政治危局的一份忧国忧民的忧患情怀了。

综合前文的分析来看,郭祥正在诗作中表现出的政治意识是非常敏感、微妙而复杂的,这正体现了北宋中期以来愈演愈烈的党争之祸对于士大夫思想精神格局的多重影响。一方面,党争之祸造成的政治危机使得像郭祥正一样的普通士大夫心怀忧惧,故而他们要借助诗歌来宣泄内心积累的忐忑惕厉情绪，出现了像《寄题罗池庙》《泛江》等感时伤世之作。另一方面，这些像郭祥正一样心怀惕厉的士大夫们面对北宋政治危局，又不甘于袖手旁观、无所事事，故而他们也创作了相当数量忧心政事、体察民生疾苦的现实主义诗歌作品。然而，极端的政治环境给这部分普通士大夫带来的压抑，并不能通过感时伤世以及忧国忧民之作而得到有效的排解，所以他们也渴望着借助包括诗歌在内的文学创作来出离政治危机的笼罩，为自己建造一片新的精神家园。这就解释了为何关心政治、体察民瘼的郭祥正，其《青山集》中的大多数作品都是酬答唱和或者描写闲适优游生活的作品。因为，这种酬答唱和的交际宴饮行为以及闲适优游的生活，正是这部分士大夫在党争所造成的政治高压和宦海风涛中为自己寻找到的一片精神家园。他们在这些交游唱和活动中暂时摆脱政治和命运的烦恼，获得心灵的抚慰与松弛。

当然，这也就造成了这部分士大夫的代表人物——郭祥正《青山集》中诗作思想内涵的一个显著而有趣的现象，即一部分诗歌高度关注现实政治和民瘼疾苦，展现了诗人的用世情怀，闪耀着动人的现实主义精神光彩；另一部分作品又高度疏离现实的政治生活，表现出了"躲进小楼成一统，管他冬夏与春秋"的闲适优游情调，与前述的那一部分现实主义的诗歌作品形成了鲜明对比。而这就是郭祥正《青山集》中诗歌作品思想内涵的真实分布状况，也在一定程度上表征、体现了那个时代普通士大夫的一般心态与心路历程。

其次，从思想与文化环境来说，北宋时代"儒释道三教合流"的文化发展背景，为士大夫提供了一方具有终极关怀之意义的精神家园。在"儒释道合流"的精神世界里，儒家的用世精神与道家的清静无为得到了有效的折中与协调。其实质则是对自古以来士人所奉为座右铭的"达则兼济天下，穷则独善其身"这一信条的全新诠释。"达则兼济天下"固然表征着宋代士大夫们的积极用世理念，而"穷则独善其身"却并不再是历代儒家所津津乐道的"一箪食，一瓢饮，在陋巷，人不堪其忧，回也不改其乐"的"孔颜乐事"了。对于"穷则独善其身"，宋代的士大夫们找到了新的诠释标准，那就是老庄之道及其清静无为的处世态度。而这，正是宋代"三教合流"倾向所赋予士大夫们的又一方纯粹的思想家园。较之交游唱和以及闲适优游等生活方式来说，清静无为、泯除是非的老庄思想，更能够消除士大夫心头的得失荣辱等思想斗争意识，而为其带来一定程度的精神抚慰。这也就解释了，为何郭祥正《青山集》当中的多首诗作都表现出了对于老庄思想的推崇和尊奉，而且在《逍遥园》《山中》等诗歌作品中表现出鲜明的清静无为和泯除是非二元对立的思想倾向了。因为，他要依靠老庄之道来除却心头的烦恼，获得一定程度的超脱与心灵解放。

当然，道家思想的这种抚慰作用也不是万能的，保有这方精神家园的士大夫们也无法从根本上拒绝儒家用世之心的召唤，更无法拒绝功名利禄的诱惑。所以，像郭祥正一样的普通士大夫常常徘徊于"儒道合流"这片"精神家园"的篱笆门内外，也就是常常徘徊于仕途与林泉之间。他们一方面向往着能够像陶渊明那样"复得返自然"，另一方面，他们又放不下既得的功名利禄，只能在"官场"这座"围城"里，渴望着、歆羡着"城外"田园生活的自由、自足，而一旦回转到了"田园生活"这座新的"围城"中，又会因困于贫贱而瞻望、歆羡官场那座旧的"围场"里的荣华富贵了。这一点，集中地体现在了郭祥正《青山集》中以《早起》为代表的诗作当中。它在一定程度上代表了宋代士大夫在仕与隐、儒和道之间徘徊而又无法做出抉择的心理困境，也可以解释为何有宋一代士大夫如此推崇白居易所提出的"中隐"观念，为何始终高唱归隐林泉之声而真正归隐林泉者又寥寥无几等各色现象了。

以上所述揭示了郭祥正诗歌对于研究宋代文化嬗变发展潮流以

及探析宋代士大夫精神世界和心灵史等方面所能发挥出的独特功用。

故而可见，郭祥正的诗歌作品在一定程度上表征了宋代党争高压政治之下一般普通士大夫的政治、思想与文化抉择，反映了宋代一般士大夫多元、复杂甚至矛盾的价值取向。这也正好显示了郭祥正《青山集》对于宋代士人文化史、心灵史以及宋代士风的研究价值。

二　郭祥正诗歌的文学价值

自苏轼对郭祥正诗集做出"三分在诗，七分在读"的戏谑式评判之后，"郭诗文学价值不高"，似乎就成了宋代乃至后世一般诗论家评价郭祥正诗歌作品的典型批评。然而，通过本书以上各章节的论证可见，郭祥正的《青山集》中存在很多佳作，并非苏轼所戏说的那样"陋于文采"。而且，郭祥正诗歌的文学价值，表现在其各种类型的诗歌作品当中，无论是写景、状物、抒发个人感怀还是抒写民瘼疾苦，他的诗歌作品都能表现出较高的艺术水准，从而激发读者较为强烈的心音共鸣。就写景状物之作来说，以《金山行》《舒州使宅天柱阁呈朱光禄》为代表的一系列长篇歌行，借助各种修辞手法和写作技巧，展现了奇丽的字面、精警的炼句以及飞动的句势，描绘出了大好河山雄浑壮阔的气势之美，给读者带来了宛若身临其境般的生动审美感受。

不仅如此，郭祥正写景状物类的诗歌作品还善于运用多种多样的巧妙手法来极写事物之神理，从而营造出意蕴丰富而又开阔深远的艺术境界。比如，在《金山行》中，郭祥正将矗立在长江中流的金山岛放置于深远寥廓的时空背景中去描写，将其与四时的运行，天体的升沉以及宇宙的迁化联系起来，构成了无比壮阔而又瑰奇辽远的时空背景环境，引发读者就此展开丰富的想象和联想，去感受、体验金山岛的沧桑历史，从而为本诗极写金山岛的"飞动之势"打下了坚实的基础。

如果说这种写作手法可以被称之为"背景营造法"的话，那么另一种卓有成效的创作方法则可被称为"动静互衬法"。此方法的主旨在于以描写动态景物来衬托静态景物，而同时又以描写静态景物来反衬动态景物，使得动中见静，静中寓动，动者愈见其动，而静者也愈见其静，从而达成动与静的有机交融与和谐共生，共同营造一种生机盎然、妙趣横生的动静交映之优美画卷。还以郭祥正的名作《金山行》为例，其"大鲸驾浪吹长空"之句极写金山岛天风海涛般的动态景象，而其后的"寒蟾八月荡瑶海，秋光上下磨青铜。鸟飞不尽暮天碧，渔歌忽断芦花风"又极写万里余晖中金山岛"渔舟唱晚"的平和静谧之景象。这就达到了以静衬动、以动衬静、动静和谐交融的优美艺术境界，二者共同服务于对金山岛"飞动"之势的塑造，从而将金山岛"飞动"的气势之美表现得淋漓尽致，为读者带来了新奇卓绝的审美感受。又如郭祥正的《舒州使宅天柱阁呈朱光禄》一诗，开篇处的"群山奔来一峰起，千丈芙蓉碧霄倚"，同样是采取动静交映的手法，传达出了天柱主峰以及周边群山奔动的气势，把一座山、一群山都写"活"了，正可见郭祥正诗笔的高妙之处，也足见其诗作艺术性之高超。

除了这些写景状物之作外，郭祥正的其他各类诗歌作品也均表现出了高超的艺术手法以及鲜明的文学审美特点。比如，就《阮希圣新轩即席兼呈同会君仪温老三首》等酬答唱和之作来说，诗人善于构建新奇别致的字面和工稳巧妙的对仗，营造出"如在目前"的画面感，给读者带来鲜活生动的审美体验。而在《山中》这样的抒怀之作当中，诗人又善于自问自答，抽丝剥茧地逐层引出心底所推崇的消弭是非、清静无为、绝世出俗的道家思想观念，令读者感受到丰富的理趣之妙。至于《后春雪》《治水谣》等闪耀着现实主义光彩的诗歌作品，则以其真切的情感和质朴的语言打动人心，表现出了优秀的现实主义诗作所应具备的优点。

故而，通过上文所举的一系列例证可见，郭祥正的诗歌作品表现出了高超的文学创作手法以及瑰奇壮阔的风格特征，无论是写景状物还是叙事抒怀，都能因势制宜，做到事随情变，因情得法（技法），从而获取最优的表达效果，呈现出动人心魄的自然之美、质朴自然的人文之美以及深广辽远的意境之美，表现出了优越的文学性和高超的艺术性。所以，对于郭祥正的诗歌作品，我们理应破除由苏轼戏谑评价所带来的先入为主的思维定式，转而给予其客观公正的积极评价。

三 郭祥正对于前贤的继承问题

这一方面在前人的研究中尚不属于重点。一般来说，前代研究者大多注意到了郭祥正诗歌创作对于李白诗风的刻意模拟，而相对忽视了郭祥正作品对于其他先贤（不仅限于诗坛先贤）成功经验的继承与弘扬。而且，就郭祥正对于李白诗风的继承这一方面来说，以往研究者也往往从"郭诗文学价值不高"的先入为主的思维定式出发，将郭祥正对于李白诗歌的模拟创作简单地归结为"模仿其皮相而未得其神髓"。所以，本书的最后一个章节，就援引郭祥正《青山集》当中的具体作品，对这两个问题进行了专门的探讨。

通过本书最后一章的探究可见，郭祥正对李白诗歌创作范式的借鉴与继承，不是仅停留于皮相层面，而是全方位的继承和发扬。毋庸置疑，《青山集》中确有许多仅从表层体式方面对李白诗歌进行模拟的诗作，其中的部分作品也并未表现出较高的艺术水平。然而，同样不容忽视的是，郭祥正《青山集》中还包含有许多像《金山行》《潜山行》《舒州使宅天柱阁呈朱光禄》《采石亭观》《庐陵乐府十首》等借鉴李白艺术经验的佳作。上述这些优秀的诗歌作品，不仅模仿、借鉴李白诗歌创作的体式与手法，而且从深层面继承和发扬了李白诗歌所表现出的那种特有的雄奇壮阔、瑰奇浪漫、清奇俊逸、险奇幽远的艺术风格，从而达到了对于李白诗作艺术精神的模拟、继承、借鉴与发扬。上述所举的诗作案例即可证明，郭祥正对于李白诗风的继承是全面而深远的，并非仅得其皮相、拾人牙慧。因此，郭祥正也无愧于其"太白后身"的雅号。

当然，除李白之外，郭祥正诗作对于其他先贤艺术经验的继承与弘扬乃至变革也同样不容忽视。从本文最后一章所举的案例来看，郭祥正诗歌作品深入地渗透了老庄思想观念，他通过自己的诗歌创作全面而又翔实地展现了宋代士大夫"儒道思想合流"的精神世界之状况，具体地诠释了宋代士大夫所具备的道家思想中"精神家园"之属性。而郭诗之所以能够表现出这种思想文化研究方面的价值，关键在于其从《老子》《庄子》等"中华元典"中汲取了充分的精神营养，不仅供自身受用，而且通过诗歌创作反馈于读者，使其获得教益和启发。这也从一个侧面印证了郭诗所独具的思想文化研究价值。

不仅如此，郭祥正诗歌创作对以屈原为代表的楚辞作家也多有借鉴和继承。在《青山集》中保存有多达十九首的拟骚体诗，其中既有从创作手法、景物意境、思想内涵等方面全盘继承屈骚艺术精神的作品，也有只借鉴屈骚创作手法而对其思想内涵主旨加以创新变革的作品。其创新变革之处，具体表现为在拟骚体诗中融合了较为深厚的道家思想观念，从而变屈骚之"忠爱孤愤"为郭氏拟骚体诗中的"泯除是非""清简自适"，并可将其视为对于宋代拟骚体作品思想内涵转变的恰切呈现。当然，这无疑反映了宋代"三教合流"背景之下一般士大夫精神世界的嬗变倾向，也在一定程度上折射出了郭祥正诗歌作品所具备的思想史研究价值。

因此，郭祥正诗歌创作不仅全方位地继承了李白诗歌的创作手法、艺术风格及审美精神，而且将借鉴的视角转入上古先秦时期，从老庄与屈骚当中获取丰富的艺术营养来滋育自身的诗歌创作，诚可谓"庄骚两灵鬼，盘踞肝肠深"，进而表现出了独到的思想文化研究价值，这也是郭祥正诗歌勇于、善于、惯于继承先贤艺术经验的真切体现了。

综合上述三个方面的论证可见，郭祥正的诗歌作品表现出了高度的文学性和艺术性，在一定程度上反映了宋代特殊政治形势下士大夫思想观点和价值观念的悄然嬗变倾向，因而兼具文学史和思想史的研究价值。有鉴于此，笔者高度认同潘务正在《深化与拓展：古代文学研究再出发》一文中提出的观点"大家独领风骚，小家遍布文坛"正是文学史的真实生态。在经典化过程中，若机缘成熟，一些不受瞩目的"小家"亦可能脱颖而出，转化为"大家"。所以，我们不能将一些所谓的"小家"打入学术冷宫，而应通过努力探掘发现其独到的价值，还原文学史生态的本原风貌，从而得以借此深入推进文学研究的创新发展。所以，对于郭祥正这样的"小家"，应该持续深入地探索下去、研究下去，努力挖掘其中所深蕴的文学史和思想史价值，以期从基础工作入手，以郭诗为切入点，来逐步还原宋代文学史的真实生态状况，进而推动这一领域的学术研究得以深入拓展，从而取得更为丰硕的成果。笔者期待着郭祥正研究从"小家"探究转变为"大家"观照的那一天！

参考文献

[1] （汉）桑钦撰，（北魏）郦道元注，（明）李长庚等订，王国维校，袁英光、刘寅生整理标点《水经注笺》，上海人民出版社，1984。

[2] （东汉）王充著《论衡》，上海人民出版社，1974。

[3] （晋）陶潜著，龚斌校笺《陶渊明集校笺》，上海古籍出版社，1996。

[4] （唐）释僧皎然著，李壮鹰校注《诗式》，齐鲁书社，1986。

[5] （唐）李白著，王琦校注《李太白全集》，中华书局，1977。

[6] （唐）杜甫著，仇兆鳌注《杜诗详注》，中华书局，1979。

[7] （唐）郑谷：《郑守愚文集》，北京图书出版社，2002。

[8] （唐）房玄龄等：《晋书》，中华书局，1961。

[9] （唐）柳宗元著《柳河东集》，中华书局，1958。

[10] （宋）李之仪：《姑溪居士集》，文渊阁四库本。

[11] （宋）阮阅：《诗话总龟后集》，人民文学出版社，1987。

[12] （宋）赵与时：《宾退录》，上海古籍出版社，1983。

[13] （宋）乐史撰《太平寰宇记》，中华书局，2000。

[14] （宋）王存等奉敕撰，王文楚、魏嵩山点校《元丰九域记》，中华书局，1984。

[15]（宋）洪兴祖撰，今人白化文等点校《楚辞补注》，中华书局，1983。

[16]（宋）王明清著《挥麈录》，中华书局，1962。

[17]（宋）俞文豹：《吹剑录》，中华书局，1991。

[18]（宋）欧阳修著，李逸安点校《欧阳修全集》，中华书局，2001。

[19]（宋）王安石：《王文公文集》，上海人民出版社，1974。

[20]（宋）任渊：《山谷诗集注》，影印文渊阁四库全书本。

[21]（宋）黄庭坚著，刘琳等校注《黄庭坚合集》，四川大学出版社，2001。

[22]（宋）郭祥正著，今人孔凡礼辑《郭祥正集》，黄山书社，1995。

[23]（宋）苏辙著，今人曾枣庄、马德富校点《栾城集》上册，卷10《郭祥正国博醉吟庵》，上海古籍出版社，1987。

[24]（宋）李焘著《续资治通鉴长编》第14册卷191，中华书局，1985。

[25]（宋）胡仔撰，廖德明校点《苕溪渔隐丛话》，人民文学出版社，1962。

[26]（宋）洪迈著《容斋随笔》，上海古籍出版社，1978。

[27]（宋）苏轼著，孔凡礼点校《苏轼文集》，中华书局，1986。

[28]（宋）苏轼著，王文浩辑注，孔凡礼点校《苏轼诗集》，中华书局，1982。

[29]（宋）普济著，苏渊雷点校《五灯会元》，中华书局，1994。

[30]（宋）李心传著，徐规点校《建炎以来朝野杂记·试刑法》，中华书局，2007。

[31]（宋）彭乘：《墨客挥犀》，中华书局，2002。

[32]（宋）蔡正孙：《诗林广记》后集卷8，中华书局，1982。

[33]（宋）罗大经：《鹤林玉露》卷18，上海书店，1990。

[34]《全唐诗》第5册卷169，中华书局，1979。

[35]（宋）郑獬《郧溪集》卷28，文渊阁四库全书本。

[36]（宋）吴曾撰《能改斋漫录》卷10，上海古籍出版社，1971。

[37]（元）脱脱等撰《宋史》第30册卷321，中华书局，1977。

[38]（明）胡应麟：《诗薮》，上海古籍出版社，1958。

[39]（明）李濂：《汴京遗迹志》，影印文渊阁四库全书本。

[40]（明）谢榛：《四溟诗话》，人民文学出版社，1961。

[41]（清）丁福保辑《历代诗话续编》上册，中华书局，1983。

[42]（清）焦循撰，沈文倬点校《孟子正义》，中华书局，1987。

[43]（清）厉鹗辑《宋诗纪事》，上海古籍出版社，1981。

[44]（清）沈德潜编《唐诗别裁集》，上海古籍出版社，1979。

[45]（清）纪昀等《四库全书总目》，中华书局，1961。

[46]（清）何文焕辑《历代诗话》，中华书局，1981。

[47]（清）徐松：《宋会要辑稿·选举》，中华书局，1957。

[48]（清）毕沅编《续资治通鉴》，中华书局，1957。

[49]（清）王夫之著，舒士彦点校《宋论》，中华书局，1964。

[50]（清）钱泳撰，张伟点校《履园丛话》，中华书局，1979。

[51] 祖保泉著《文心雕龙解说》，安徽教育出版社，1993。

[52] 叶嘉莹著《中华文化集粹丛书·诗馨篇》上册，中国青年出版社，1991。

[53] 程杰编著《宋诗三百首》，天津人民出版社，2000。

[54] 张毅著《宋代文学思想史》，中华书局，1995。

[55] 王朝闻著《神与物游》，中国青年出版社，1998。

[56] 徐复观著《中国艺术精神》，华东师范大学出版社，2001。

[57] 宗白华著《艺境》，北京大学出版社，2003。

[58] 程千帆著《两宋文学史》，上海古籍出版社，1991。

[59] 许总著《宋诗史》，重庆出版社，1997。

[60] 葛兆光著《中国思想史》，复旦大学出版社，2000。

[61] 沈松勤著《北宋文人与党争》，人民出版社，1998。

[62] 韩成武著《杜诗艺谭》，河北教育出版社，2002。

[63] 姜剑云著《审美的游离——论唐代怪奇诗派》，东方出版社，2002。

[64] 王素美著《刘因的理学思想与文学》，人民出版社，2004。

[65] 田玉琪著《徘徊于七宝楼台——吴文英词研究》，中华书局，2004。

[66] 曹庭栋著《宋百家诗存》，上海古籍出版社，1993。

[67] 孙克宽著《宋元道教之发展》，台湾私立东海大学出版社，1965。

[68] 程民生著《宋代地域文化》，河南大学出版社，1997。

[69] 任继愈著《中国哲学史》，人民文学出版社，1979。

[70] 张高评著《宋诗特色研究》，长春出版社，2002。

[71] 李亮著《诗画同源与山水文化》，中华书局，2004。

[72] 祝尚书著《宋人别集叙录》，中华书局，1999。

[73] 肖驰著《中国诗歌美学》，北京大学出版社，1986。

[74] 李学颖点校《本事诗》，上海古籍出版社，1991。

[75] 莫砺锋著《古典诗学的美学观照》，中华书局，2005。

[76] 金性尧编著《宋诗三百首》，上海古籍出版社，1986。

[77] 《宋诗鉴赏辞典》，上海辞书出版社，1986。

[78] 徐志刚译注《论语通译》，人民文学出版社，1997。

[79] 丁传靖撰《宋人轶事汇编》，中华书局，1981。

[80] 缪钺：《宋诗鉴赏辞典·论宋诗》，上海辞书出版社，1986。

[81] 傅璇琮等主编《全宋诗》，北京大学出版社，1992。

[82] 詹锳：《文心雕龙义证》，上海古籍出版社，1989。

［83］郭绍虞：《中国文学批评史》，上海古籍出版社，1979。

［84］刘挚撰，陈晓平、裴汝诚点校《忠肃集》，中华书局，2002。

［85］钱锺书：《宋诗纪事补订》，三联书店，2005。

［86］梁启超：《王安石传》，海南出版社，2001。

［87］祖保泉：《司空图诗品解说》，安徽人民出版社，1980。

［88］冯应榴等：《苏轼诗集合注》，上海古籍出版社，2001。

［89］钱锺书：《宋诗纪事补正》，辽宁人民出版社、辽海出版社，2003。

［90］陈衍：《宋诗精华录》，江西人民出版社，1984。

［91］苗书梅：《宋代官员选任和管理制度》，河南大学出版社，1996。

［92］张希清：《宋朝典章制度》，吉林文史出版社，2001。

［93］王云海：《宋代司法制度》，河南大学出版社，1992。

［94］郭庆藩：《庄子集释》，中华书局，1961。

［95］黄寿祺、张善文：《周易译注》，上海古籍出版社，2001。

［96］伍蠡甫编《山水与美学》，上海学林出版社，1997。

［97］朱金成：《白居易集校笺》，上海古籍出版社，1991。

［98］褚斌杰：《诗经全注》，人民文学出版社，1999。

［99］陈伯海：《唐诗学史稿》，河北人民出版社，2004。

［100］钱仲联：《韩昌黎诗系年集释》，上海古籍出版社，1988。

［101］翁其斌：《左传精读》，上海古籍出版社，2012。

［102］刘乃昌：《两宋文化与诗歌发展论略》，山东大学出版社，2005。

［103］李春青：《宋学与宋代文学观念》，北京师范大学出版社，2001。

［104］王英志：《清人诗论研究》，江苏古籍出版社，1986。

［105］钱锺书：《宋诗选注》，生活·读书·新知三联书店，2002。

［106］四川大学古籍研究所编《全宋文》第33册卷1415，巴蜀书社，1994。

［107］郭绍虞辑《宋诗话辑佚》，中华书局，1980。

[108] 朱东润校注《梅尧臣集编年校注》下册卷24，上海古籍出版社，1979。

[109] 刘西渭（李健吾）著《咀华集·答〈鱼目集〉作者》，花城出版社，1984。

[110] 卢向前：《唐宋变革论》，黄山书社，2006。

[111] 葛晓音：《澄怀观道，静照忘求——中国山水诗的审美观照方式》，《文史知识》2005年第1期。

[112] 董桥：《百年的情结》，《读书》1993年第7期。

[113] 张福勋：《"我亦谈诗子深许"——郭祥正诗论发微》，《阴山学刊》2003年第3期。

[114] 张学忠：《茶与诗——文人生活对艺术的渗透》，《文学遗产》1996年第2期。

[115] 程杰：《宋诗"平淡美"的理论和实践》，《学术月刊》1995年第6期。

[116] 周裕锴：《自持与自适：宋人论诗的心理功能》，《文学遗产》1995年第6期。

[117] 胡明：《关于宋诗》，《文学评论》1997年第1期。

[118] 莫砺锋、陶文鹏、程杰：《回顾、评价与展望——关于本世纪宋诗研究的对话》，《文学遗产》1998年第5期。

[119] 许总：《论理学文化观念与宋代诗学》，《学术月刊》2000年第6期。

[120] 马东瑶：《论北宋庆历诗风的形成》，《文学遗产》2002年第2期。

[121] 郭英德：《光风霁月：宋型文学的审美风貌》，《求索》2003年第3期。

[122] 莫砺锋：《宋诗研究与展望》，《人民政协报》2003年7月22日。

［123］毛建军：《郭祥正交游考述》，郑州大学硕士学位论文，2003。

［124］莫砺锋：《郭祥正——元祐诗坛的落伍者》，《中国典籍与文化论丛》2000 年第 6 期。

［125］孔凡礼：《郭祥正略考》，《文学遗产》（增刊）1989 年第 18 辑。

［126］毛建军：《郭祥正交游与声名辩正》，《昌吉学院学报》2003 年第 4 期。

［127］卢晓辉：《郭祥正的诗歌创作和道教》，《滁州学院学报》2009 年第 6 期。

［128］纪锐利：《20 世纪以来大陆论诗诗研究述评》，《山东师范大学学报》（人文社会科学版）2006 年第 1 期。

［129］陈允吉：《梦天的游仙思想与李贺的精神世界》，《文学评论》1983 年第 1 期。

［130］孔凡礼：《郭祥正与王安石》，《古籍研究》1988 年第 1 期。

［131］张仲谋：《李之仪年表》，《徐州师范学院学报》（哲学社会科学版）1986 年第 3 期。

［132］王兆鹏：《李之仪年表补正》，《河北师范学院学报》（哲学社会科学版）1991 年第 1 期。

［133］詹福瑞等：《"诗缘情"辨义》，《河北大学学报》（哲学社会科学版）1998 年第 2 期。

［134］周裕锴：《以战喻诗：略论宋诗中的"诗战"之喻及其创作心理》，《文学遗产》2012 年第 3 期。

［135］刘培：《徘徊在入世与归隐之间——论郭祥正的骚体创作》，《阴山学刊》2003 年第 2 期。

［136］周益忠：《宋代论诗诗研究》，台湾师范大学博士学位论文，1990。

［137］毛建军、李进宁：《郭祥正和他的诗》，《商丘职业技术学院

学报》2003 年第 1 期。

[138] 陈军:《郭祥正对李白的审美接受》,《安庆师范学院学报》2007 年第 5 期。

[139] 石尚彬:《论中国古代论诗诗》,《贵阳学院学报》(社会科学版) 2006 年第 4 期。

图书在版编目(CIP)数据

郭祥正诗歌研究/张志勇著. -- 北京：社会科学文献出版社，2018.12
　ISBN 978-7-5201-4139-0

　Ⅰ.①郭… Ⅱ.①张… Ⅲ.①郭祥正（1035-1113）-诗歌研究 Ⅳ.①I207.22

中国版本图书馆CIP数据核字（2018）第293000号

郭祥正诗歌研究

著　　者／张志勇

出 版 人／谢寿光
项目统筹／杜文婕
责任编辑／杜文婕　李　伟

出　　版／社会科学文献出版社·城市和绿色发展分社（010）59367143
　　　　　地址：北京市北三环中路甲29号院华龙大厦　邮编：100029
　　　　　网址：www.ssap.com.cn
发　　行／市场营销中心（010）59367081　59367083
印　　装／三河市尚艺印装有限公司

规　　格／开　本：787mm×1092mm　1/16
　　　　　印　张：12.25　字　数：157千字
版　　次／2018年12月第1版　2018年12月第1次印刷
书　　号／ISBN 978-7-5201-4139-0
定　　价／88.00元

本书如有印装质量问题，请与读者服务中心（010-59367028）联系

▲ 版权所有 翻印必究